LES RÉQUISITOIRES

du

TRIBUNAL DES FLAGRANTS DÉLIRES

2

Pierre Desproges

LES RÉQUISITOIRES
du
TRIBUNAL DES
FLAGRANTS DÉLIRES

2

Notes biographiques
de Bernard Morrot

Éditions du Seuil

Les Réquisitoires ont été prononcés
par Pierre Desproges (le procureur) sur l'antenne de France Inter
dans le cadre de l'émission *Le Tribunal des Flagrants Délires,*
émission imaginée et produite
par Claude Villers (le président) et Monique Desbarbat
avec Luis Rego (l'avocat).

Nous tenions à publier ces Réquisitoires dans leur version intégrale.
C'est donc volontairement que nous n'avons pas supprimé certains éléments
que, tout aussi consciemment, Pierre Desproges a réutilisés
dans d'autres textes publiés par nos soins. (NdÉ)

TEXTE INTÉGRAL

ISBN tome 2 : 2-02-068537-X
ISBN n° général : 2-02-068538-8

(ISBN 2-02-062858-9, 1re publication tome 2)
(ISBN 2-02-062859-7, 1re publication édition complète)

© Éditions du Seuil, novembre 2003

www.seuil.com

Réquisitoire contre Jean Constantin

28 octobre 1982

Françaises, Français,
Belges, Belges,
Monsieur le président mon chien,
Monsieur l'avocat le plus bas d'Inter,
Mesdames et messieurs les jurés,
Public chéri, mon amour.

Je m'en doutais.

Le mauvais esprit qui vous anime, vous, monsieur le président, vous, l'olive grecque posée sur un bavoir, vous, les témoins pourris d'office, vous, l'experte en papouilles psychosomatiques, et encore plus vous, le pianiste des îles, le mauvais esprit qui vous anime vous a tout naturellement guidés à ne voir en l'accusé Jean Constantin que le grossier démoralisateur des troupes qui se gausse de Waterloo, ricane sur les tombes des cocus... des poilus de Verdun, et exhibe sans vergogne son mépris pour Napoléon, le shah d'Iran et le thon à l'huile.

Et bien sûr, comme par hasard, vous avez pratiquement passé sous silence l'autre crime, le vrai crime de Jean Constantin, qui est que cet homme n'est pas un vrai Blanc comme moi, qui suis de souche périgourdine par mon père, alsacienne par ma mère, et CGT par le facteur qui peut toujours se brosser cette année pour les étrennes parce que leurs grèves à la con, ça commence à bien faire.

Jean Constantin, mesdames et messieurs les jurés, est un métis, avec un M minuscule, parce que si on leur met une majuscule, ils deviennent arrogants. Le dossier de Jean Constantin, à cet égard, est accablant. Son père est brésilo-communiste. Sa mère est suis-sesse donc d'origine gréco-romaine comme tous les vrais Blancs de type germano-scandinave. Hélas ! le laxisme qui règne en Europe et dans le monde depuis la victoire de la populace en 1789 fait que seule l'Afrique du Sud reste aujourd'hui un pays vivable pour les gens normaux non métissés. Mais savons-nous vraiment, mesdames et messieurs les jurés, qui sont les Sud-Africains ? Qu'est-ce que la Sudafriquie ? Est-ce vraiment ce pays de haine que nous décrivent complaisamment les antiracistes primaires viscéraux ? Attention, ne me faites pas dire ce que je n'ai pas dit. Je n'ai rien contre les antiracistes. Moi-même, je ne suis pas raciste. Certes, je ne donnerais pas ma fille à un nègre. Mais je donnerais encore moins mon nègre à ma fille, parce que c'est moi qui l'ai vu le premier, y a pas de raison.

La Sudafriquie

Les Sud-Africains sont appelés ainsi pour que nous ne les confondions pas avec les Nord-Africains, qui ont non seulement le type nord-africain, mais la gonzesse aussi.

La Sudafriquie, qui s'étend sans vergogne sur plus d'un million de kilomètres plus ou moins carrés, est peuplée de vingt-quatre millions d'habitants qui sont pour la plupart extrêmement vulgaires, sauf les Blancs.

Cette population se décompose de la façon suivante : 70 % de Bantous, 17 % d'Européens, 29 % de métis, 14 % d'Asiatiques, et 18 % sans opinion. C'est énorme.

Les Bantous sont appelés ainsi en hommage au coureur cycliste sénégalais Bante-la-Jolie, dont l'homosexualité latente était notoire et qui remporta Paris-Nantes en 1933 en chantant : « Quand je pense à faire Nantes, je bante. »

LA SÉGRÉGATION

En Sudafriquie, tous les Européens pratiquent la ségrégation, à part Ted.

La ségrégation consiste, de la part des Blancs, à respecter la spécificité des nègres en n'allant pas bouffer chez eux. Au reste, la cuisine bantoue est tout à fait exécrable tant sur le plan de l'hygiène alimentaire qui laisse à désirer, c'est le moins qu'on puisse dire. Par exemple, ces gens-là mettent la fourchette à droite et le couteau à gauche. Ça y est, je l'ai dit !

LA CUISINE

Il me revient d'avoir été convié à la table d'un sorcier bantou avec lequel mon épouse était très liée malgré la tradition ségrégationniste, pour des raisons d'affinité inhérentes à l'énormité de la zigounette de ce sauvage. Eh bien, c'était très mauvais ! Leur plat national est la biche aux abois Melba. Sans pain, c'est dégueulasse.

LA TÉLÉ

La télévision sud-africaine est l'une des plus passionnantes du monde. Non seulement il n'y a jamais d'émissions avec Giscard, mais il n'y en a pas non plus avec Mitterrand.

Enfin, les villes les plus connues de la Sudafriquie sont Johannesburg, Le Cap, Pretoria et Durban. Les villes les moins connues sont Potchestroom, Verkaniging, Witbank et Thabazimbi.

On voit bien, mesdames et messieurs les jurés, à la lumière de cet exposé, que Jean Constantin est coupable.

D'ailleurs tous les étrangers sont coupables !

Je les hais ! J'enrage, j'en désespoir, j'en vieillesse ennemie.

Ma haine des étrangers date de l'époque où je fis mes débuts dans un quotidien parisien phagocyté depuis par un plésiosaure monopolistique. Avant de percevoir clairement l'éventail infini de mes possibilités journalistiques, qui devaient m'amener par la suite des chiens écrasés aux chats noyés, puis à la télévision qui montra à la France entière quel beau visage de prince pirate se cachait derrière la plume du canard, c'est pas une partouze de palmipèdes, c'est une licence poétique. Avant tout ça, j'ai été le nègre d'un écrivain juif sur l'affaire Ben Barka ! L'horreur ! Alors qu'en réalité j'étais doué pour assurer les rubriques sportives. J'ai encore en tête le titre de mon premier article au lendemain de la demi-finale à Roland-Garros, sur six colonnes : « 1er Nastase, le 6, 2e Villas le 4 » (en fait, j'étais parti à la fin du premier round, avant la mi-temps). Remarquez, je me suis rattrapé à la radio, l'année dernière à Wimbledon : « Eh bien, oui, ici Pierre Desproges qui vous parle en direct de Wimbledon. Au début du premier set, c'est McEnroe qui passe à Connors, qui passe à McEnroe, qui passe à Connors qui passe, je crois, à McEnroe… »

En fait, aujourd'hui, avec le recul nécessaire… Le recul est toujours nécessaire, comme le soulignait magnifiquement Louis Aragon dans sa fameuse lettre à Staline, pardon à Brejnev : « Cher Leonid, il faut déstaliniser notre parti. Il faut que tu fasses, toi aussi, ce grand pas en avant, car si j'avance et que toi tu recules », etc.

Avec le recul nécessaire, disé-je, il m'apparaît un peu tard que je n'aurais jamais dû quitter la rubrique des chiens écrasés. J'y excellais. Le mot n'est pas trop fort. Je peux bien l'avouer aujourd'hui sans fausse modestie. Pour alimenter jour après jour ma rubrique des chiens écrasés quoi qu'il arrive, il m'arrivait d'écraser les chiens moi-même !

Par la suite, j'ai changé de journal. Là on m'a confié la rubrique des enfants martyrs. J'en ris encore. Un jour, on m'envoie avec un photographe chez un couple de brutes qui défonçaient leur môme de 7 ans à coups de pelle à charbon et l'asseyaient périodiquement sur le poêle, pas méchamment, comme ça, pour tuer le temps en attendant l'ouverture du gérant Nicolas. Quand nous arrivons sur les lieux, le père et la mère sont déjà en cabane. L'enfant est là, sur les genoux d'une voisine qui le couvre de caresses et de bonbons. C'est sans doute son premier jour de joie depuis sa naissance, à ce petit. Vous savez comme sont les enfants, futiles et tout, ils oublient. Alors celui-ci sourit, franchement, largement, complètement. Seulement moi, j'étais très ennuyé. Pour la photo… Là encore, il faut me comprendre. Avant de venir faire le reportage, j'avais déjà envoyé mon titre au marbre : « Enfants martyrs, deux points. En larmes et défiguré, Pierrot, 7 ans, hurle de douleur, voir page 3. »

« Qu'est-ce qu'on fait ? demande le photographe. Il est pas en larmes, il hurle pas de douleur, et en plus, il est même pas défiguré ! »

En effet, les parents indignes avaient pris soin, par un souci d'honorabilité bien compréhensible, de ne pas abîmer le visage du gamin. Certes nous aurions pu lui photographier les fesses... Mais une photo de fesses, à la une d'un journal respectable, vous n'y pensez pas... Alors ? Que faire pour que cette tête d'ange ronronnant de plaisir justifie mon titre ?...

« Ah ben, dit le photographe, y a qu'à lui casser la gueule. Je vois pas d'autre solution. » Et, joignant le geste à la parole, il envoya une gifle au gamin, grâce à quoi la France profonde put dès le lendemain s'émouvoir sur les enfants martyrs. Cette histoire est seulement à moitié fausse, je tiens vachement à le souligner : ce journaliste n'était pas moi. Mais si jamais un pochard septuagénaire semi-grabataire et confit dans la Suze-cassis s'effondre en pleurant près de vous sur le zinc d'un bistrot de la rue Montmartre en vous racontant qu'il a fait ça, lui, ne le croyez pas : comme dit ma concierge, « Y racontent n'importe quoi, ces journalistes ».

Donc, Jean Constantin est coupable, mais son avocat vous en convaincra mieux que moi.

Jean Constantin : Cette grosse feignasse de musicien super-doué a notamment écrit une chanson intitulée : « Où sont passées mes pantoufles ? » qui raconte son amour impossible pour deux charentaises fugueuses.

Réquisitoire contre
Patrick Poivre d'Arvor

29 octobre 1982

Françaises, Français,
Belges, Belges,
Mon président pour de rire,
Monsieur l'avocat du barreau de mes deux chaises,
Mesdames et messieurs les jurés,
Public chéri, mon amour.

Ah, le beau jeune homme que voilà ! Ah, qu'il est beau ! Ah, qu'il a la jambe élancée, la main fine et les dents longues ! Ah, Dieu me tripote, quel émoi quand mon regard croise le tien, Passe-moi-l'Poivre-d'Abord, j'en viendrais à douter de ma virilité et à regretter de ne point être avocat pour pouvoir péder moi aussi.

N'est-ce point un signe du destin, mesdames et messieurs les jurés, que la présence parmi nous, aux premiers jours de l'automne, d'un vrai romantique ?

Ah, l'automne ! « Les sanglots longs, des violons, de l'automne, bercent mon cœur d'une langueur comme qui dirait monotone. » Ne sont-ils point sublimes ces vers douloureux que lançait hier soir vers la nue embrasée la voix désolée de Paul Verlaine, au Pop Club de Rimbaud Arthur ?

Faudrait-il que j'aie le cœur aussi sec que le gosier d'un bébé du Sahel, monsieur le président, pour réclamer la peine maximum à l'encontre d'un authentique vrai nouveau romantique ? D'un homme éperdu de l'éternel chagrin des enfants du siècle, d'un homme qui vit sa mort jour après jour en adorant la vie, d'un homme qui va, l'écharpe au vent mauvais, frissonnant dans l'éprouvante amertume des sous-bois de l'automne, où le loup de Vigny finit d'exhaler son impossible râle ? D'un homme, enfin, déchiré par les contradictions insupportables de sa personnalité de demi-dieu vivant, moitié Chateaubriand, moitié Jean-Claude Bourret.

Toute mon enfance a été bercée du chant désolé du romantisme. Oui, moi aussi, Passe-moi-l'Poivre, moi aussi, j'ai appris tout enfant à comprendre la mouvance émotionnelle de cette errance éclairée de la pensée lyrique qui nous conduit naturellement à laisser prévaloir le sentiment sur la raison et l'imagination fertile sur la froide analyse. Vous me suivez, sinon j'connais une histoire belge ?

Oui, moi aussi, Passe-moi-l'Poivre, j'ai vécu cela grâce à l'éducation romantique de mes parents. Père allait, l'écharpe au vent mauvais, frissonnant dans l'éprouvante amertume des herbes en friche de l'automne (il était romantique-exhibitionniste au bord du périphérique Nord), et Mère vivait sa mort en adorant la vie, vibrant au son du cor, le soir au fond du couloir (elle était dame-pipi romantique, chez René, le roi du chateaubriand-pommes vapeur).

Et moi, je suis leur enfant fragile et gracieux, et nous sommes des milliers d'enfants de l'aube qui souffrons, l'âme écorchée comme Lamartine, le cœur en pleurs comme Chopin, et l'air con comme Gonzague. Saint-Brieuc, terre sauvage où chante la bise et fiente la mouette, Saint-Brieuc, où la Bigoudène est de passage, puisqu'elle est du Finistère et pas des Côtes-du-Nord, faut pas chercher à me baiser sur la géo, Saint-Brieuc dont je me demande pourquoi j'en parle, Saint-Brieuc est le berceau du romantisme, à cinq cents bornes près, mais on ne va pas chipoter. Et c'est là, mesdames et messieurs les jurés, en vacances à Saint-Brieuc que j'ai découvert et aimé le livre émouvant de File-moi-le-Sel, *Les Enfants de l'aube*.

Je ne vous en révélerai pas ici toutes les ficelles, d'ailleurs peut-on parler de ficelles alors qu'il s'agit bien plutôt de cordes, et même, tant l'amour est présent à chaque chapitre, de corde à nœuds.

Mais quel chef-d'œuvre ! Jamais nous ne remercierons assez Patrick Fais-voir-aussi-la-Moutarde pour son livre dont au sujet de son talent duquel la littérature française elle serait pas été pareille si qu'y serait pas été publié.

Les Enfants de l'aube nous conte l'histoire d'un adolescent leucémique qui rencontre dans un hôpital à leucémiques une jeune Anglaise leucémique. Dans un style leucémique également, l'auteur nous conte la passion brûlante et désespérée de ces deux êtres fragiles mais tremblants d'amour qui vont vers leur destin, la main dans la main et la zigounette dans le pilou-pilou.

Malgré la maladie qui fait fuir leur entourage et notamment les marchands d'assurance vie, Alfred de Vignette et Ginette de Chateaubriand, nos deux héros, décident de forcer le destin et de donner la vie à un enfant. Afin de mettre toutes les chances de réussite de ce projet insensé de leur côté, ils commencent par observer deux papillons.

« Sois mienne, dit Alfred, page 36.

– Take it off, mother is comin' (ôte ta main, v'là ma mère) », dit Ginette, dans la langue de ses pères, car elle en avait deux.

À ce stade du récit, le lecteur est bouleversé et se sent défaillir, car il en est du romantisme fiévreux comme de la moule pas fraîche : quand on en abuse, ça fait mal au ventre. Un mois plus tard, Alfred de Vignette et Ginette de Chateaubriand, qui étaient allés voir *Love Story* pour se remonter le moral, se retrouvent en tête à tête, par un doux crépuscule de septembre, au bord du lac Léman. La splendeur feutrée du jour qui se meurt sur la campagne belge étreint le cœur de la malheureuse enfant. Elle sait que sa fin est proche. La veille, à l'insu de son jeune amant, elle a consulté le plus grand cancérologue de Genève qui lui a dit : « C'est trois cents francs. »

« My darling, mon pauvre amour, dit-elle, qu'allons-nous devenir ? Je sens la vie me quitter doucement, mais je ne veux pas mourir. Que faire ?

– Observons deux papillons », répond-il, page 87.

Et il la prend dans ces bras tandis que l'astre du jour se fond sur le lac endormi, page 88.

Puis c'est l'heure terrible de l'aveu. Un jour, alors qu'ils jouent tous les deux à cache-cache, la jeune femme, rongée par le mal, décide de dire à son amant qu'elle attend un enfant de lui.

« I am in the clock, dit-elle. (Je suis dans la pendule.)

– Mon dieu, un enfant. Tu en es absolument certaine, ma chérie ?

– Oui, mon amour, je ne puis me tromper : le mois dernier, j'ai pas vu venir, dit-elle, de plus en plus romantique.

– Mais, ma chérie, c'est merveilleux. Viens m'embrasser. Observons deux papillons. »

À la fin du livre, le lecteur ne contient plus ses larmes. En effet, la malheureuse mère ne survivra pas à la naissance de son enfant, une petite fille que son père appellera Grenelle en hommage à La Motte-Piquet Grenelle, le peintre romantique du changement à Réaumur-Sébastopol.

Le livre se termine en douloureuse apothéose par cette image insoutenable du père arpentant la plaine d'Irlande brumeuse et glacée où se lève un pâle soleil d'automne. L'homme va, brisé, soutenu par sa mère et sa sœur, comme lui vêtues de noir. Soudain, il s'arrête face à la lande austère et, regardant tour à tour les deux femmes, il s'écrie : « Observons trois papillons ! »

Je rappelle le titre : *Les Enfants de l'aube*, par Patrick Poivre d'Arvor, chez Jean-Claude Lattès. Deux cent trois pages de romantisme décapant pour le prix d'un kilo de débouche-évier.

Et maintenant, je rappelle le pitre.

Patrick Poivre d'Arvor : C'est le type qui remplace Claire Chazal sur TF1 du lundi au jeudi.

Réquisitoire contre André Balland

4 novembre 1982

Françaises, Français,
Belges, Belges,
Super-Charlottes, super-Charlots,
Monsieur le Massif central au sommet dégarni
par la violence du vent de l'histoire,
Maître ou ne pas mettre,
Mesdames et messieurs les jurés,
Public chéri, mon amour.

« Querellus editoriam, ça va comm'sum. »

« Cessons de chercher querelle à l'éditeur », disait déjà Pline l'Ancien il y a près de deux mille ans. Rarement, au cours de l'histoire du monde, une profession aura été autant controversée que celle d'éditeur. Aujourd'hui encore, on accuse les éditeurs d'exploiter les auteurs. Dieu merci, ce n'est pas l'avis de tous. À la question : « Les éditeurs sont-ils un mal nécessaire ? » 100 % des maquereaux de Pigalle interrogés répondent : « Oui, bien sûr. Si y a personne pour les pousser au cul, les livres, y restent dans la rue au lieu de monter dans les étages. »

« Opinus dixit Tontonem » : j'approuve sans réserve ce que dit mon oncle, dit Pline le Jeune, qui n'était pas le fils mais le neveu de Pline l'Ancien.

Qui était Pline l'Ancien ? Qui était Pline le Jeune ? Voilà une question d'actualité. Au reste il n'y a pas à s'y tromper : c'est un problème qui préoccupe réellement les jeunes, comme le prouve à l'évidence l'anecdote édifiante que je garde fraîche en mémoire et que je brûle de vous narrer ici, chers socialo-Bretéchertes et socialo-Charlots. Dimanche dernier, je revenais de l'église Saint-Honoré-d'Eylau, confortablement installé dans ma somptueuse Limousine. Il faut vous dire qu'en semaine je suis confortablement installé dans une simple Paimpolaise, tandis que le dimanche, eh bien, mon Dieu, oui, je m'autorise le luxe d'une Limousine dont j'apprécie autant la beauté du châssis que la capacité du réservoir ou l'automatisme de l'allume-cigare…

Or ne voilà-t-il pas qu'au beau milieu de la place Louis-XV, que la populace s'obstine à appeler aujourd'hui « place de la Concorde », un jeune cycliste de type étudiant, ou maghrébin, c'est pareil, fonce droit sur mon automobile où je tentais de maintenir un bon petit cent vingt de moyenne tout en parcourant le bulletin paroissial du 16e arrondissement. Aujourd'hui encore, je reste persuadé que cet imbécile ne m'a même pas vu. Toujours est-il qu'il m'a cassé un phare à l'aide de sa tête, qu'il avait dure, puisque aussi bien il s'est relevé presque aussitôt. Tandis qu'il se précipitait vers moi, il me sembla opportun de détourner la conversation, qui pouvait s'avérer houleuse, vers les chemins élevés de la pensée culturelle. D'autant qu'il m'est peu souvent donné d'échanger des idées avec les jeunes, dont la promiscuité me répugne généralement autant qu'elle agace les trois bergers allemands qui défendent les fils barbelés électrifiés de ma maison.

« Dites-moi, mon jeune ami, lancé-je à ce garçon qui secouait à présent frénétiquement la poignée de ma portière, avez-vous lu Pline l'Ancien ?

– Ah, je vais me le farcir ! Je sens que je vais me le farcir, me répondit-il.

– Ah bon ? Et Pline le Jeune ?

– Ah, je vais me le farcir ! Je sens que je vais me le farcir. »

On voit bien, mesdames et messieurs les charlots et les charlottes, à la lumière de cette historiette édifiante, combien la jeunesse de ce pays est assoiffée de culture.

À l'âge de cet adolescent, dont l'autopsie pratiquée par mon frère, le docteur Desproges, a révélé qu'il était ivre mort quand il s'est suicidé avec mon cric, à son âge, dis-je, nous avions la chance d'avoir des parents qui nous inculquaient patiemment le goût des arts et des lettres et l'amour de l'histoire des pays civilisés. Je fais évidemment allusion aux gens de mon milieu, et non pas aux parents pauvres dont on sait qu'aujourd'hui encore ils passent en lessives ou au fond de la mine le temps qu'ils négligent de consacrer aux choses de l'esprit.

Moi qui vous parle, bande de charlots, j'étais capable à 18 ans, de citer de mémoire des passages entiers des lettres de Chopin à Musset. Aujourd'hui, misère ! Demandez à un jeune homme de 18 ans ce qu'il connaît par cœur. Rien. Rien, si ce n'est l'adresse de l'Agence nationale pour l'emploi la plus proche de son domicile.

La seule évocation du courrier qu'échangèrent le Polonais mélancolique et le poète de toutes les douleurs bouleverse encore mon âme perpétuellement ballottée entre la passion romantique du siècle dernier et le désarroi tragique de ce siècle-ci. (Par exemple, j'aime beaucoup *Dallas*.)

J'ai justement sous les yeux le texte inédit de la lettre bouleversante et tout à fait confidentielle dans laquelle Alfred de Musset décrit à Frédéric Chopin les premiers instants de son idylle farouche avec George Sand :

Paris, ce 14 mars 1831.
A. M./P. [A. M. = Alfred de Musset. P désigne évidemment l'initiale de Patricia, la secrétaire de Musset.]

« Objet : de convoitise. »
Destinataire : Frédéric Chopin, 17, impasse Jaruzelski,
Varsovie.

Monsieur,
Suite à notre entretien du 11 courant, j'ai l'honneur de vous faire connaître par la présente l'émoi où mon cœur est plongé. Cependant la nature et l'objet des rapports qui nous lient vous et moi dans l'affaire Sand ne m'autorisent pas plus que l'obligation de réserve à laquelle nous sommes tenus d'envisager dès aujourd'hui de révéler au grand jour les éventuels développements blennorragiques de cette affaire.
Veuillez agréer, monsieur, l'assurance de mes sentiments romantiques. Tu as le bonjour d'Alfred.

Plus bouleversante encore est la réponse de Chopin à Musset, en date du 31 mars, dans laquelle le compositeur raconte à son ami son entrevue sentimentale avec la même George Sand :

F. C./P. [P désigne l'initiale de Patricia. Musset et Chopin partageaient aussi leur secrétaire.]

Cher Mumu,
Pom, Pom, Pom, Pom. Dieu soit béni. J'ai tenu Aurore dans mes bras. [Aurore Dupin, bien entendu, Aurore étant le prénom à l'état civil de George Sand. Moi-même, quand je vis avec un nègre, je me fais appeler Ingrid, ça l'excite.]
Ma joie est grande, cher Alfred. Imagine la scène. Il est près de minuit. Aurore est penchée à la fenêtre sombre où l'intensité de la nuit nous serre le cœur. Son cou adorable me renvoie la lueur de la chandelle que je porte vers elle. Elle se tourne enfin. Je lui fais pouet-pouet, elle me fait pouet-pouet, et pis ça y est.

Qu'ajouter encore sur Pline l'Ancien et sur Pline le Jeune que l'on ne sache déjà ? Que le premier était naturaliste et que le second, son neveu, périt dans la terrible éruption du Vésuve qui raya de la carte Pompompéï et Janculanum ? Que Pline l'Ancien était le fils de Bliroute Ier et de Nadine Zlobi, la belle esclave phénicienne à la peau de zéphyr et au regard de mistral ? On disait qu'elle avait un regard de mistral parce qu'elle avait toujours un œil vers Paris et l'autre vers Marseille.
Donc, Balland est coupable.
Non, je n'ajouterai rien. La culture, c'est comme l'amour. Il faut y aller à petits coups au début pour bien en jouir plus tard.

Au reste, « est-il vraiment indispensable d'être cultivé quand il suffit de fermer sa gueule pour briller en société ? », comme le dit judicieusement La Rochefoucauld qui ajoute : « La culture et l'intelligence, c'est comme les parachutes : Quand on n'en a pas, on s'écrase. »

André Balland : Éditeur maintes fois cité dans la presse par les journalistes dont il publiait les livres.

Réquisitoire contre Robert Dhéry

5 novembre 1982

Françaises, Français,
Belges, Belges,
Territoires d'outre-Mer, territoires d'outre-Père,
Cher Massif central,
Chère Péninsule ibérique,
Mesdames et messieurs les jurés,
Public chéri, mon amour.
Bonjour ma colère, salut ma hargne, et mon courroux...
coucou.

Je dois en convenir : dans cette affaire Robert
Dhéry, l'instruction a été menée tambour battant.
Quand je dis qu'elle a été menée tambour battant, je
veux dire que le juge d'instruction, qui fait majorette
dans la fanfare de Saint-Flagrand-les-Deux-Délires,
n'a pas pu me communiquer le dossier à temps, trop
occupée qu'elle était à se secouer les deux baguettes
dans le rantanplan, à cause des répétitions de la fête
du jumelage entre Chaud-de-Fond et Villers-de-Lance
(ou Chaude-Lance avec Villers-de-Fond ?) Que faire
alors ? Pousserai-je le mauvais goût jusqu'à parler
d'autre chose que du sujet qui nous préoccupe tous
aujourd'hui ? Je vais me gêner !
Je pense qu'il est temps pour nous de nous rappeler

Jonathan Sifflé-Ceutrin, qui est l'inventeur du pain pour saucer.

Il y a les inventeurs lumineux, dont la gloire fracassante résonne longtemps après eux à travers les plaines infinies de la connaissance humaine. Et puis il y a les inventeurs obscurs, les génies de l'ombre, qui traversent la vie sans bruit et s'effacent à jamais sans que la moindre reconnaissance posthume vienne apaiser les tourments éternels de leur âme errante qui gémit aux vents mauvais de l'infernal séjour, sa désespérance écorchée aux griffes glacées d'ingratitude d'un monde au ventre mou sans chaleur ni tendresse.

Parmi ces besogneux du progrès, ces gagne-petit de la connaissance, qui ont contribué sans bruit à faire progresser l'humanité de l'âge des cavernes obscurantiste à l'ère lumineuse de la bombe à neutrons, comment ne pas prendre le temps d'une pensée émue pour nous souvenir de Jonathan Sifflé-Ceutrin, l'humble et génial inventeur du pain pour saucer ?

Jonathan Sifflé-Ceutrin, dont le bicentenaire des deux cents ans remonte à deux siècles, est né le 4 décembre 1782 à Saçufi-les-Gonesses, au cœur de la Bourgogne gastronomique, dans une famille de sauciers éminents. Son père était gribichier-mayonniste du roi, et sa mère, Catherine de Médussel, n'était autre que la propre fille du comte Innu de Touiller-Connard, qui fit sensation, le soir du réveillon 1779 à la cour de Versailles en servant la laitue avec une nouvelle vinaigrette tellement savoureuse que Marie-Antoinette le fit mander le lendemain à Trianon pour connaître son secret.

« C'est tout simple, Majesté. Pour changer, j'ai remplacé le chocolat en poudre par du poivre !

– Voilà qui est bien, comte Innu de Touiller-Connard. Continue, je te dis. Oh oui, c'est bon. Oh la la, oh oui. »

Bien évidemment, l'enfance du petit Jonathan Sifflé-Ceutrin baigna tout entière dans la sauce. Debout sur un tabouret, près des fourneaux de fonte où ronflait un feu d'enfer, il ne se lassait jamais de regarder son père barattant les jus délicieux à grands coups de cuillère en bois, tandis que sa mère, penchée sur d'immenses poêlons de cuivre rouge, déglaçait à petites rasades de vieux cognac le sang bruni et les graisses rares des oies du Périgord dont les luxuriantes senteurs veloutées se mêlaient aux graciles effluves des herbes fines pour nous éblouir l'odorat jusqu'à la douleur exquise des faims dévorantes point encore assouvies. Hélas, au moment du repas, la joie pré-stomacale de Jonathan se muait invariablement en détresse. Quand il avait fini d'avaler en ronronnant l'ultime parcelle de chair tendre que son couteau fébrile arrachait au cuissot du gibier, il restait là, médusé, pantelant de rage et boursouflé d'une intolérable frustration devant le spectacle insupportable de toute cette bonne sauce qui se figeait doucement dans son assiette, à quelques pouces de ses papilles mouillées de désir et de sa luette offerte, frissonnante d'envie, au creux de sa gorge moite dans l'attente infernale d'une bonne giclée du jus de la bête entre ses lèvres écartées.

En vérité, je vous le dis mes frères, il faut être végétarien ou socialiste pour ne pas comprendre l'intensité du martyre qu'enduraient quotidiennement les malheureux gastronomes de ces temps obscurs. Soumis aux rigueurs d'un protocole draconien qui sévissait jusqu'au tréfonds des campagnes où le clergé avait réussi à l'imposer en arguant, comme toujours, la valeur rédemptrice de la souffrance, les malheureux dégustaient leurs plats de viandes en saucé à l'aide de la seule fourchette et du seul couteau, après qu'un décret papal de 1614 eut frappé d'hérésie l'usage de la cuillère.

Pour bien imaginer la cruauté d'une telle frustration, essayez vous-mêmes, misérables profiteurs repus de la gastronomie laxiste de ce siècle décadent, de saucer un jus de gigot à la pointe d'un couteau ou entre les dents d'une fourchette. C'est l'enfer ! C'est atroce ! C'est aussi définitivement intolérable qu'une nuit passée dans un poumon d'acier avec Carole Laure à poil couchée dessus !

Curieuse coïncidence, c'est le jour même de son vingtième anniversaire que Jonathan Sifflé-Ceutrin eut l'idée de sa vie, l'idée géniale qui allait transformer enfin le supplice tantalien du festin para-saucier en délices juteux inépuisables. C'était le 4 décembre 1802. Ce siècle avait deux ans. Déjà Napoléon perçait sous Bonaparte, et déjà Bonaparte perçait sous Joséphine.

Jonathan soupait au Sanglier Chafouin, le restaurant en vogue du gratin consulaire, en compagnie d'une jeune camériste bonapartiste de gauche qu'il comptait culbuter au pousse-café. C'était un gueuleton banal : hors-d'œuvre variés, sangliers variés, fromage ou pain. Je dis bien « fromage ou pain ». On sait qu'il aura fallu attendre 1936 et le Front populaire pour que les travailleurs obtiennent conjointement, au prix de luttes admirables, les congés payés et les cantines d'usine avec fromage et pain. En mai 68, les responsables CGT qui s'essoufflaient dans leur cholestérol gorgé de Ricard, à la traîne des étudiants, voulurent ne pas être en reste et exigèrent des patrons la seule réforme logique après celle du fromage et pain : le remplacement de fromage ou dessert par le tant attendu fromage et dessert qui aurait dû normalement déboucher sur le vrai changement, c'est-à-dire l'abolition pure et simple de l'odieux dessert ou assiette en un nouveau dessert et assiette, stade ultime du progrès socialiste avant la réforme des réformes qui offrira aux travailleurs le véritable choix populaire que le grand frère soviétique a déjà mis en place : goulag ou lavage de cerveau.

Or donc, Jonathan Sifflé-Ceutrin finissait son sanglier Melba sauce au grand veneur quand le serveur, un ancien hippie de la campagne d'Égypte, gorgé d'herbes toxiques et de calva du Nil, laissa malencontreusement choir sa corbeille à pain sur la table où Jonathan commençait à baiser des yeux sa camarade pour oublier la sauce qui se figeait déjà et dans laquelle une énorme tranche de pain de campagne vint s'enliser dans grand floc grasseyant. « Bon sang mais c'est bien sûr ! » s'écria le jeune homme. Et, s'emparant d'une autre tranche moelleuse, il la tendit à sa compagne qui n'était autre que Marie Curry, créatrice de la sauce du même nom, et lui dit : « Marie, trempe ton pain, Marie, trempe ton pain dans la sauce. » Ce qu'elle fit bien sûr. Alors, miracle, le jus bien gras fut aspiré soudain par la mie que la jeune femme s'écrasa sur la gueule en happant comme une bête goulue, et la bonne graisse vineuse à la crème beurrée à l'huile de saindoux margarinien saturée de vin chaud à l'alcool à brûler du père Magloire lui envahit divinement l'estomac dont le joyeux cancer naissant n'en demandait pas temps.

Jonathan Sifflé-Ceutrin venait d'inventer le pain

pour saucer. Vingt-cinq ans plus tard, son fils Léon déposa le brevet du pain pour pousser et c'est en 1869 que son gendre Jean-Louis Fournier-Gaspard inventa conjointement la mouillette et le rat à la coque dont les communards furent si friands.

Donc Robert Dhéry est coupable, mais son avocat vous le dira mieux que moi !

Robert Dhéry: Les Branquignols – qu'il dirigeait – prouvent qu'un certain comique peut triompher dans le monde entier pendant de nombreuses années et paraître soudain con à pleurer.

Réquisitoire contre Reiser

8 novembre 1982

Français, Françaises, je vous ai compris…
Belges, Belges,
Mon président mon chien,
Monsieur l'avocat plus bas d'Inter,
Mesdames et messieurs les jurés,
Public chéri, mon amour.
Bonjour ma colère, salut ma hargne, et mon courroux…
coucou.

« Plus c'est pauvre plus c'est con », disait Karl
Marx…

Karl Marx qui avait oublié d'être con lui-même,
sinon il aurait pas écrit *Mein Kampf*… ou *Le Capital*.

Combien d'entre nous, mesdames et messieurs les
jurés, combien d'entre vous, bandes de piliers de flip-
pers gavés de caca-cola, combien d'entre vous ont lu
Le Capital ? À partir du *Capital*, c'est la bourgeoisie
qu'on assassine, mais vous vous en foutez, misérables. Peu vous chaut qu'on assassine la bourgeoisie.
Vous n'en avez rien à secouer. Qui a tiré sur J. R. ?
C'est ça votre problème, bande de légumineuses sur-
gelées du cortex !

Pourtant, Dieu me tripote, n'est-ce point un devoir
sacré que de lire Marx et Engels et Lénine ? Allez-

vous rester anticommunistes primaires toute votre vie alors qu'il suffit de lire Marx une fois pour devenir aussitôt anticommuniste secondaire ?

Ah, certes, *Le Capital* est un livre austère. C'est un peu comme l'annuaire : on tourne trois pages et on décroche…

« Plus c'est pauvre, plus c'est con ? »

Quand on observe attentivement une photographie de Jean-Marc Reiser enfant, on est frappé d'emblée par l'absence de gourmette et de pelisse de fourrure qui caractérise la vêture du sujet. Cet arrogant laisser-aller vestimentaire ne constitue-t-il point, mesdames et messieurs les jurés, le signe de ralliement ostentatoire des pauvres ?

« C'est à ses vêtements élimés qu'on reconnaît le communiste », disait le regretté Heinrich Himmler, qui était toujours très propre sur lui. Himmler, je le précise à l'intention des jeunes et des imbéciles, n'était pas un gardien de but munichois, mais un haut fonctionnaire allemand que le chef de l'État de ce pays avait plus spécialement chargé de résoudre le problème de la surpopulation des commerçants en milieu urbain, par la création de voyages organisés gratuits. C'était un homme affable, capable d'une grande concentration, mais volontiers rieur et prime-sautier. Il avait de longues mains très blanches, il adorait les fleurs et les chiens de bergers, si possible allemands, avec pedigree.

Pendant la guerre, cet homme délicat préférait passer ses week-ends à Amsterdam plutôt qu'à Auschwitz où les apatrides pissaient sur les tulipes. « Et puis d'ailleurs, disait-il lui-même en riant, on ne peut pas être à la fois au four et au moulin. »

« Plus c'est pauvre, plus c'est con. »

« D'un père inconnu et d'une mère qui faisait des ménages, j'ai grandi en Lorraine dans le monde des prolos », se vante Reiser.

Comment s'étonner, dans ces conditions, que l'enfant ait si vite mal tourné, dans un monde sans amour, sans chaleur, et, qui sait, sans magnétoscope ?

Tout petit, Jean-Marc Reiser est déjà vulgaire. Par exemple à la fin de son biberon, il rote. D'autres eussent pété. Un autre, au cœur moins sec, eût à cœur de remercier l'Assistance publique et les allocations familiales sans lesquelles le biberon du pauvre contiendrait plus de lait que de schnaps. Mais lui, non, il rote.

À l'âge de 8 ans, alors que le petit Régis Debray apprend déjà les bases du néo-romantisme castriste sur les genoux de Louis Aragon, Jean-Marc Reiser, lui, apprend déjà les bases du néo-scatologisme anarchiste en gagnant le premier prix du concours de châteaux de sable du *Figaro* grâce à son Mont-Saint-Michel entièrement réalisé en crottes de chien. (Je signale pour l'anecdote, et malgré la honte que j'en ai, que les chiens de Reiser enfant s'appelaient Ric et Rac, et que l'infâme adorait apprendre le caniveau au second en lui criant : « Vas-y, chie, Rac… »)

Quant à son père inconnu, un adjudant-chef impuissant et basané de type Préfontaines venu besogner en vain sa mère au-dessus de l'évier en lui vomissant dans le cou les jours de paye, ce petit saligaud ne lui disait même pas bonjour ! Alors que si ça se trouve, misérable fils indigne, c'était le soldat inconnu, votre papa.

Après tout, on peut fort bien dormir sous l'Arc de Triomphe sans avoir pour autant la flèche impériale et triomphale. Vous rendez-vous bien compte, mesdames et messieurs les jurés, que ce petit être insignifiant qui croupit là, sur le banc de l'infamie, et qui compte bien sur votre laxisme décadent d'Occidentaux lâchement boursouflés de socialisme gluant pour partir d'ici libre et serein dans un quart d'heure, malgré la plaidoirie du promoteur de poisson fumé ci-joint, vous rendez-vous compte, disé-je, avant d'être interrompu une fois de plus par moi-même, que cet homoncule harakirien d'obédience aérophagique est peut-être le fils du soldat inconnu, et que, alors même que ce père sublime d'entre les pères sublimes venait honorer sa maman, ce minuscule salopard ne le saluait même pas ? Pourtant, misérable, qu'est-ce qui vous empêchait de lui ranimer la flamme, pendant qu'il déposait sa gerbe ?

Plus tard, à l'âge pénible où l'amour et les boutons éclatent sur la figure des adolescents, Jean-Marc Reiser se fait jeter du patronage Saint-Maurice-Thorez de Longwy pour avoir mis un porte-jarretelles à la statue de Staline : « Je m'en fous d'être viré des jeunesses coco, je préfère les jeunesses caca », dit-il au gentil organisateur, avant de s'inscrire successivement au CERES, aux francs-maçons, aux Jeunes Giscardiens, pour finir à l'amicale des constipés pensifs du journal *Le Monde* où ses nombreuses relations scatophages parmi les sommités ano-rectales inhibées de cet éminent quotidien lui permettent rapidement d'entamer une luxuriante carrière d'humoriste graphique. Aujourd'hui encore – mais qui le sait ? – c'est Reiser qui dessine la désopilante carte de France météorologique du *Monde* qui fait hurler de rire tous les jours des milliers de lecteurs. Pour s'en convaincre, il suffit de prendre n'importe quel avion d'Air Inter et de regarder le troupeau des cadres supérieurs abrutis qui sont parqués dedans. Il y en a toujours un qui se marre. C'est celui qui a compris le bulletin météo. Les autres, pendant que leurs femmes vont essayer des culottes de soie dans les magasins de Passy avant d'aller revoir *Histoire d'O* sur les Champs-Élysées, se lamentent sur le tassement des bourses. Qui plaindra le malheureux cadre supérieur, sans cesse tiraillé entre son taux de cholestérol et la chute de Wall Street où l'indice Dow Jones est retombé jeudi en dessous de la barre des 900 pendant que l'indice de la compagnie des changes restait inchangé alors que le franc français face au mark sur la scène monétaire après l'enquête de conjoncture de l'INSEE… Est-ce que vous croyez que c'est rigolo pour un cadre aéroporté de rester frileusement à l'abri de la barre des 100 tandis que sa bourgeoise se fait frileusement défoncer la vertu à l'abri de la barre d'Émile ?

Cher Reiser, dans son œuvre impie, le cynisme et la trivialité graveleuse le disputent à l'ineptie pathologique d'un monde fantasmagorique répugnant, qui se gausse des plus sombres misères humaines et souille, dans le même bain de fange nauséeuse ct d'inextinguible haine, Dieu, les anciens combattants, les syndicats, l'Église, les déportés, ma sœur, la semaine de trente-neuf heures, les congés payés, la SPA, la bombe atomique et même madame Grace Kelly qui, je l'espère, n'est pas à l'écoute aujourd'hui, elle qui a horreur de la vulgarité.

Tout cela est absolument navrant de la part d'un garçon intelligent qui, s'il avait bien voulu pousser jusqu'à l'ENA au lieu de rester pauvre, aurait pu, qui sait, devenir un jour dégustateur chez monsieur Lotus ou chef de cabinet chez monsieur Jacob Delafon.

Donc Reiser est coupable, mais son avocat vous en convaincra mieux que moi.

Jean-Marc Reiser: Le contraire de Jacques Faizant, c'est-à-dire intelligent, talentueux, grossier, obsédé sexuel, écologiste, pathétique, sensible, fin et mort.

Réquisitoire contre Maurice Siégel

12 novembre 1982

Françaises, Français,
Belges, Belges,
Mères siffleuses, pères siffleurs,
Mon président mon chien,
Monsieur l'avocat le plus bas d'Inter,
Mesdames et messieurs les jurés,
Public chéri, mon amour.
Bonjour ma colère, salut ma hargne, et mon courroux…
coucou.

Que la cour me pardonne, mais j'ai bien trop de respect pour la personnalité, pour le talent, pour l'œuvre
de Maurice Siégel, et j'ai bien trop d'humilité pour
l'insignifiance grotesque de mes propres balbutie-
ments journalistiques de chroniqueur de coin de page,
pour me permettre de requérir si peu que ce soit contre
ce maître de la presse, que dis-je, ce pionnier de la
radio, que dis-je, ce vieux lion des ondes, que dis-je,
ce grand-père de l'information libre, que dis-je, ce
fossile de la télégraphie sans fil. Non, Maurice, mon
canard, non, je ne requerrai point contre vous, pour la
bonne raison que le président a établi le chef d'accusation tout seul pendant que j'étais allé aux champignons avec la femme de Rego à qui j'ai fini par

apprendre, à force de dévouement mycologique, à reconnaître au premier coup d'œil un Vietnamien tête de nœud d'une amanite phalloïde.

Aussi bien, mesdames et messieurs les jurés, plutôt que d'accabler un homme qui a plus fait pour la presse française que Mark et Spencer pour la capote anglaise, je suggère que nous consacrions ensemble les quelques instants qui me sont impartis avant la traditionnelle minute d'expression corporelle ibérique à commémorer ensemble le cinquantième anniversaire de la mort d'un homme qui laissera plus de traces dans l'histoire de France que les morpions dans l'histoire de ma sœur. Car en vérité, je vous le dis, mes biens chers compatriotes, nous nous devons de ne jamais oublier nos chers disparus. Il y a un an, c'était Brassens. Il y a quinze ans, Marcel Aymé. Il y a douze ans, de Gaulle, le libérateur de la patrie, qui n'eut que le tort de se droguer au haschich, dont l'abus qu'il en fit lui valut son triste surnom d'homme des 18 joints.

Mais, et c'est à lui que je veux en venir, il est un autre général français dont personne ne fête jamais le souvenir, c'est le général Brissaud, qui mourut dans son lit, et non pas dans le mien qui est plus souvent réservé aux aspirations qu'aux expirations. D'ailleurs je vis avec un aspirant. Le général Brissaud, qui commanda pendant la Première Guerre mondiale la 12e division d'infanterie, a laissé à ce monde ingrat plus d'un texte sublime, mais aucun n'atteint la beauté glacée de sa fameuse note de service FQ 728, datée du 8 octobre 1916, concernant « Le vrai salut du vrai Poilu ». Oh, je sais, j'entends d'ici les beaux esprits glousser leur mépris et les anarchistes congénitaux ricaner dans les plis noirs de leur drapeau infâme. Ah, vous pouvez railler, mais n'oubliez jamais qu'un jour ou l'autre, c'est celui qui raille qui l'a dans le train. Oui, je sais, des générations de mauvais Français se sont moquées des écrivains militaires qui se sont usé la santé à décrire par le menu la marche à pied ou la meilleure façon de saluer, pendant que leurs subordonnés aux frais de la Nation allaient batifoler au front et salir leurs beaux habits dans la boue des tranchées.

Mais, en vérité, personne, aujourd'hui, personne, avec le recul du temps qui redonne aux choses leur vraie valeur, personne n'oserait plus sourire à la lecture de ce fulgurant chef-d'œuvre de la littérature stratégique moderne qu'est la note de service FQ 728 du 8 octobre 1916 du général Pierre-Henri Brissaud.

Grâce à mes relations privilégiées avec le haut état-major de l'armée de terre (je vis en concubinage avec la poilue de Verdun qui dirige les archives de la bibliothèque des Tranchées), j'ai réussi à me procurer l'édition originale de ce texte impérissable. J'ai décidé qu'il était de mon devoir de livrer aujourd'hui à mes contemporains ces pages grandioses. Je le fais évidemment en accord avec les héritiers du général Brissaud, et notamment son petit-neveu, le colonel Philémon-Philémoi Lachtouille, qui vient lui-même de rédiger une admirable brochure sur les bonnes manières à la guerre à l'âge atomique, dans laquelle il précise, je cite : « Que, même en 1982, la pratique du salut militaire ne doit pas être abandonnée et le subordonné doit y marquer beaucoup de respect pour le supérieur, sauf en cas d'attaque thermonucléaire surprise où le salut pourra être effectué un peu plus vite. »

Qu'il me soit permis, mesdames et messieurs les

jurés, monsieur le président, monsieur Siégel, de vous demander le plus grand recueillement pendant la lecture que je vais avoir l'honneur de vous faire de la note de service FQ 728 du 8 octobre 1916 du général Pierre-Henri Brissaud. Je demanderai également au public pendant cette lecture de respecter le sommeil de l'avocat de la défense, et je rappellerai une fois de plus aux uns et aux autres qu'il est strictement interdit de jeter de la nourriture au Portugais pendant les audiences.

NOTE DE SERVICE FQ 728

Le général commandant la division a constaté que, d'une façon générale, le salut était gauchement exécuté par les hommes et médiocrement rendu par les officiers. En conséquence, le salut sera exécuté à la 12e division d'infanterie conformément aux prescriptions ci-dessous :

A. LE SALUT DU VRAI POILU *(3 temps)*
1er temps – En vrai coq gaulois, se redresser vivement sur ses ergots, rassembler vigoureusement les talons. Porter la main droite dans la position du salut réglementaire, tendre tous ses muscles, la poitrine bombée, les épaules effacées, le ventre rentré, la main gauche ouverte, le petit doigt sur la couture du pantalon. Planter carrément les yeux dans les yeux du supérieur, relever le menton et se dire intérieurement : « Je suis fier d'être un poilu. »
2e temps – Baisser imperceptiblement le menton, faire rire ses yeux et dire intérieurement à l'adresse du supérieur : « Tu en es un aussi, tu gueules quel-

quefois, mais ça ne fait rien, tu peux compter sur moi. »

3e temps – Relever le menton, se grandir par une extension du tronc, penser aux boches et crier intérieurement : « On les aura, les salauds ! »

B. LE SALUT DE L'OFFICIER *(2 temps)*

1er temps – Envelopper le soldat d'un regard affectueux, lui rendre le salut les yeux bien dans les yeux, lui sourire discrètement et lui dire intérieurement : « Tu es sale, mais tu es beau. »

2e temps – Relever le menton, penser aux boches et dire intérieurement : « Grâce à toi, on les aura les cochons. »

Merci.

Ces textes devront être appris par cœur.

Général Brissaud,
12e D. I., État-major P. C.,
8 octobre 1916

Quel lyrisme, mesdames et messieurs de la cour ! N'avons-nous point tous, à cette lecture, le cœur serré et les entrailles remuées jusqu'à l'anus ? Alors que si je vous lis une note de service moderne… Tenez, celle-ci par exemple *(la montrer)* en date du 27 octobre dernier, à en-tête de Radio France, quelle sécheresse de ton :

COMMUNIQUÉ

27 octobre 1982   N 357/82

À l'occasion d'un chantier portant sur la réfection des terrasses, une bouteille de gaz propane a disparu. C'est la sixième en un mois.

Dans la mesure où cette bouteille serait retrouvée, il doit être signalé qu'il s'agit d'un gaz relativement dangereux et d'un maniement spécifique dont la fermeture supérieure de la bouteille peut céder à tout moment, et si le trou pète, le gaz part.

Signé : Jean-Noël Jeanneney, PDG de Radio France.

Donc Maurice Siégel est coupable, mais son poilu vous en convaincra mieux que moi.

Maurice Siégel : Ce patron de presse qui s'était fait une réputation de rebelle en quittant Europe 1 avec d'énormes indemnités a ensuite créé ce journal de combat, ce brûlot incandescent ne ménageant personne, cet hymne à la liberté qui s'appelle *VSD*, l'hebdomadaire qui voit la vie en string.

Réquisitoire contre Sapho

16 novembre 1982

Françaises, Français,
Belges, Belges,
Mon président mon chien,
Monsieur l'avocat le plus bas d'Inter.

Je sais que c'est autant fastidieux pour vous que pour moi d'entendre dire tous les jours « monsieur l'avocat le plus bas d'Inter », car, comme tous les calembours, celui-ci n'est jamais qu'un pet de l'esprit que son rabâchage quotidien ne peut que ravaler irrémédiablement au rang totalement dégradant de rafale de brise aérophage pour handicapé céphalique, mais si je me permets d'insister et de re-péter encore, aujourd'hui plus qu'hier et bien moins que demain, « monsieur l'avocat le plus bas d'Inter », c'est que j'ai appris de source sûre que ça fait chier l'actuel ministre de la Justice, dont le nom m'échappe. Cet homme – comme on le comprend – a horreur d'entendre, tous les jours, à la même heure, sur une radio d'État, dite de service public, un imbécile répéter inlassablement « monsieur l'avocat le plus bas d'Inter ». J'avoue en passant que ma propre irrévérence m'étonne moi-même. J'avais – et j'affichais – un tel respect pour le garde des Sceaux précédent, que j'avais appelé sobrement, ici même, « l'automne », rappelez-vous ce grand tronc mort avec juste deux feuilles qui dépassent.

Françaises, Français,
Belges, Belges,
Mon président mon chien…

Savez-vous, tas d'infirmes culturels sous-enseignés, savez-vous que le fait de prononcer les mots « Françaises, Français » constitue une totale hérésie grammaticale. Ben oui, bande de flapis cérébraux, c'est une énorme connerie pléonasmique, de dire « Françaises, Français ». C'est comme si je disais « Belges, Belges », j'aurais l'air d'un con !

Grammaticalement, connards, quand je dis « les Français », je sous-entends à l'évidence « les Français mâles et les Françaises femelles », et n'allez pas me taxer de misogynie, sinon j'envoie ma femme vous casser la gueule, c'est simple ! Parce que ça, c'est le genre d'attaque qui me rend dingue. Ça me fait penser à ces pétasses bitophobes du MLF de Kensington City, en Californie, qui avaient exigé qu'on changeât la devise de leur collège, « Tu seras un homme, mon fils », en « Tu seras un homme, ma fille ». C'est authentique.

Comment alors expliquer que tous les hommes politiques de ce pays, et quand je dis les hommes je pense aussi « les femmes », C. Q. F. D., comment expliquer que tous, de l'extrême droite à l'extrême gauche, tous commencent leur discours, à vous destinés, par une énorme faute de français (et de française). Comment est-ce possible de la part de gens sérieux et souvent cultivés dont la plupart – je ne parle pas de Marchais dont au sujet duquel que c'est pas sa faute si que rapport au niveau du plan de son inculture y serait pas été aux écoles –, comment est-il possible que de Chirac à Mitterrand tous ces notables s'adressent à vous à longueur d'antenne en perpétuant et perpétrant cette affreuse erreur de langage ? J'ai beau me creuser l'entendement, mesdames et messieurs, je ne trouve qu'une seule explication plausible : chez ces bonnes gens qui nous gouvernent, ou qui nous ont, ou qui vont ou qui re-re-vont nous gouverner, l'expression « Françaises, Français » signifie : « Bonjour les veaux, et bonjour à vous aussi les génisses, eh, oh, les gonzesses, vous aussi, oubliez pas de voter pour moi. Eh, les filles, vous avez vu : j'ai pas seulement dit "Français", j'ai dit aussi "Françaises", eh, oh, ma petite dame, ne m'oublie pas dans l'urne, ne me quitte pas, ne me quitte pas, laisse-moi m'aplatir plus bas que l'ombre de ton chien mais je t'en supplie vote pour moi. »

Voilà ce que veut dire « Françaises, Français ». La seule chose que j'espère, c'est qu'en ce moment même un de ces pourris, n'importe lequel, extrême droite, gauche ou centre, j'espère qu'il y en a un, au moins un, ou une, qui m'écoute, là, maintenant, tout de suite, et que ce soir ou demain, il va causer dans le poste. Alors celui-là, c'est sûr, ne pourra pas commencer son discours de pute par ces mots « Françaises, Français », sans se dire que ce matin même, au tribunal des rigolos, on lui aura mis le nez dedans.

Françaises, Français,
Belges, Belges,
Mon président mon chien,
Monsieur l'avocat le plus bas d'Inter,

Mesdames et messieurs les jurés,
Public chéri, mon amour…
Bonjour ma colère…

Par exemple quand je dis « mesdames et messieurs
les jurés », je respecte la syntaxe. Comment vous faire
comprendre ça sans avoir l'air pompeux et sans vous
faire sentir mon profond mépris pour votre inculture
crasse et votre consternante nullité syntaxique ? Comment, sans vous rabaisser au rang de crétins congénitaux, comment, mesdames et messieurs les jurés, vous
faire comprendre que l'expression « les Français »
sous-entend à l'évidence les hommes et les femmes de
France, alors que « les jurés »… Bon. Attendez.
Observons deux papillons. Non, madame. Pas maintenant. Remettez votre culotte. Si je dis « les Français
sont des cons », j'englobe tous les hommes de France
et toutes les femmes de France. En revanche, si je dis
« les jurés sont des cons », le premier socialiste venu
aura compris que je fais allusion, de façon grammaticalement restrictive, à vous cinq, ici, tassés comme
une brochette de pintades abruties de maïs aux hor-
mones, et le deuxième socialiste venu (attention, pas
plus de trois, ça me fout les glandes), le deuxième
socialiste venu aura compris que, si je veux faire sentir à l'auditeur la mixité du jury, force me sera de
séparer verbalement les mâles des femelles en préci-
sant « mesdames ET messieurs les jurés », la langue
restant aujourd'hui encore le plus sûr moyen de dis-
tinguer les sexes surtout dans le noir où l'observation
des us et coutumes des papillons ne saurait s'effectuer
de visu. Je profite de cette digression entomologique
pour signaler aux éventuels disciples de Jean-Henri

Fabre la récente découverte du professeur William Stewart Kennedy, de l'université de Stratford, en Californie. Après dix années passées à observer minutieusement le comportement sexuel des mites des placards, cet éminent homme de science vient de révéler que, si ces minuscules arthropodes se reproduisent exclusivement dans l'obscurité totale, ce n'est pas, comme on l'a cru longtemps, par pudeur ou par timidité, mais parce que la porte du placard est toujours fermée. Certes, on peut sourire, mais en ce qui me concerne, si tant est qu'on doive le respect aux savants dans un monde sans morale, j'aurai toujours plus de respect pour les enculeurs de mouches que pour les inventeurs de bombes à neutrons !

Françaises, Français,
Belges, Belges,
Mon président mon chien,
Monsieur l'avocat le plus bas d'Inter,
Mesdames et messieurs les jurés,
Public chéri, mon amour.
Bonjour…

Il est bien évident que l'expression « public chéri, mon amour » ne correspond à aucune réalité tangible, du latin « tangere » : que l'on peut toucher. C'est une licence poétique. Une image. Je ne peux pas vous toucher tous. Je veux dire pas tous en même temps. Présentez-vous demain matin dans le grand hall de Radio France, à partir de 10 heures, nos hôtesses vous remettront des billets numérotés. Attention : venez de bonne heure, les places sur mes genoux sont limitées.

Françaises, Français,
Belges, Belges,
Mon président mon chien,
Monsieur l'avocat le plus bas d'Inter,
Mesdames et messieurs les jurés,
Public chéri, mon amour.
Bonjour ma colère, salut ma hargne, et mon courroux…
coucou.

Donc Sapho est coupable, et son avocat vous en convaincra mieux que moi, et je pense que ce serait une bonne idée d'envoyer la petite rockeuse à la Petite Roquette…

Sapho : Chanteuse punk possédant un sens très sûr de l'art scénique et s'habillant de vieilles dentelles. Arsenic et vieilles dentelles. C'est fou comme un jeu de mots lamentable peut aider lorsqu'on n'a rien à dire sur quelqu'un.

Réquisitoire contre Marcel Marceau

23 novembre 1982

Françaises, Français, Belges, Belges,
Tourterelles, tourtereaux,
Isabelles, isabeaux,
Damoiselles, damoiseaux,
Jouvencelles, jouvenceaux,
Maquerelles, maquereaux,
Béchamels, beaux chameaux,
Pucelles, puceaux,
Marcel, Marceau.
Mon président mon Saint-Bernard,
Monsieur l'avocat le plus bas d'Inter,
Mesdames et messieurs les jurés,
Public chéri, mon amour.
Bonjour ma colère, salut ma hargne, et mon courroux…
coucou.

Mon premier souvenir du mime Marceau remonte à plus d'un quart de siècle. J'étais alors un fort bel enfant bouclé aux grands yeux noisette dont les joues de pêche délicatement duvetées, j'arrête… ça m'excite.

Des années avant *Vos gueules, les mouettes !*, Marcel Marceau commençait déjà à faire un malheur en fermant la sienne tous les soirs devant une salle comble.

Je crois me souvenir que c'était celle du théâtre Sarah-Bernhardt, aujourd'hui rebaptisé « théâtre de la Ville », pour des raisons qui relèvent apparemment plus du crétinisme municipal à l'état pur que de l'antisémitisme caractérisé. Quelques heures avant le spectacle, j'étais rentré du lycée, par le métropolitain : le chauffeur de mère était aux sports d'hiver, alors que tout petit, déjà, je ne savais pas conduire les automobiles.

Or dans ce compartiment de métropolitain, le hasard voulut que je tombasse sur une demi-douzaine d'individus des deux sexes, c'est-à-dire zigounette ou pilou-pilou, qui gesticulaient désespérément en s'autobalançant des mandales dans la tronche sans dire un mot. C'était mon premier contact avec une équipe de sourds-muets. De nos jours, grâce aux efforts salutaires des uns et des autres pour une plus grande solidarité entre les hommes, grâce aussi au développement des idées nouvelles qui nous ont permis de comprendre enfin que les handicapés sont des gens comme les autres, nous pouvons nous fendre la gueule tous les jours à la télé en regardant le journal des sourds et des non-entendants.

Mais dans les années cinquante, dont au sujet desquelles que je vous cause, les malheureux sourds-muets n'avaient point encore de tribune pour s'exprimer entre eux et se communiquer un peu de chaleur humaine par le biais de leur désormais traditionnelle danse du scalp sans les jambes sur Antenne 2, tous les jours, avant la pub sur les chaînes haute-fidélité. Aussi l'enfant que j'étais, comme tout être humain confronté à l'étrange et à l'inconnu, ne pouvait-il qu'être partagé entre la crainte confuse et une vague commisération pour ces pauvres gens.

C'est pourquoi, mesdames et messieurs les jurés, quand le soir même de cette pénible rencontre métropolitaine le rideau du théâtre se leva sur cet homme, mon cœur naïf d'enfant fragile se souleva d'horreur. J'avais été élevé dans l'amour de Dieu et l'application permanente de la charité chrétienne, avec une telle exigence dans le respect des saints sacrements que, quelques jours plus tôt, maman avait voulu que l'hostie de ma communion solennelle à la Madeleine fût faite à la main chez Fauchon ! Mon cœur tout neuf, disé-je, se souleva d'horreur quand je compris ce soir-là que l'homme que nous jugeons ensemble aujourd'hui, mesdames et messieurs les jurés, ne faisait que gagner ignominieusement sa vie en se moquant ouvertement des malheureux infirmes sourds-muets dont j'avais le jour même touché du doigt l'immense détresse. Ah, Dieu me tripote, jamais, aussi longtemps que je vivrai, c'est-à-dire une bonne quarantaine d'années, j'espère, mon Dieu, s'il vous plaît, faites pas le con, réveillez pas mes métastases, j'ai déjà faim du printemps prochain, je veux rire encore et manger du confit d'oie, s'il vous plaît mon Dieu, merci. Jamais, disé-je, avant d'être assez grossièrement interrompu par Dieu, jamais je n'oublierai cette journée. D'abord ces pauvres gens couverts de bleus à force d'essayer de se dire bonjour en s'autofilant des baffes, et ensuite ce monstrueux clown au cynisme glacé, la gueule enfarinée pour pas qu'on le reconnaisse, qui singeait sans pitié ces pauvres sourds-muets devant un parterre repu de bourgeois gloussants et de mémères glapissantes, l'âme au sec et le fibrome dans le vison. Ah, chrétiens, vous ne méritiez pas Jésus-Christ !

Bien sûr, je vous l'accorde, mesdames et messieurs

les jurés, les infirmes sont ridicules. Mais qu'ils soient handicapés physiques ou mentaux, est-ce vraiment de leur faute ? Je voyais tout à l'heure une immense affiche de monsieur Tino Rossi. Est-ce sa faute, à cet homme, moumoute en stuc et dents de plastique, la tronche ravalée par les ciments Lafarge et le bedon replâtré par Thermolactyl Babar, le Brummell des momies ? Est-ce sa faute, à cet homme, s'il n'est plus aujourd'hui qu'une prothèse vivante, tellement usagée qu'on dirait Charles Trenet ?

Non, Marcel, mon lapin, vous n'aviez pas le droit de vous conduire aussi bassement. Qu'ils soient débiles profonds, hydrocéphales, trichromosomiques ou speakerines à la télévision, les handicapés, moteur ou carrosserie, ont tous le droit à notre respect. Les aveugles ont le droit de regard sur les sourds. Les sourds ont le droit d'entendre les doléances des muets. Les culs-de-jatte ont le droit de vivre sur un grand pied, s'ils en ont les moyens, et comme le disait récemment sur France Inter l'ineffable docteur Tordjman, la quéquette pensante des hôpitaux de Paris, les manchots, eux-mêmes, ont le droit de prendre en main leur sexualité. Après tout, Dieu me chatouille, les imbéciles n'ont-ils point le droit de vote ? Y a qu'à voir le résultat.

Donc, le mime Marceau est coupable, et si vous n'êtes pas encore tout à fait convaincus, mesdames et messieurs les jurés, je me ferai une joie de vous le mimer à la sortie ! Mais avant de céder la parole à la traditionnelle minute d'expression corporelle ibérique, je ne résiste pas au plaisir d'illustrer mon propos par une anecdote authentique, une histoire d'aveugle. Cette histoire d'aveugle, je la dédie tout spécialement aux milliers d'aveugles qui nous écoutent et qui ont, j'en suis sûr, mille fois plus d'humour que les faux culs qui leur font l'aumône de leur pitié rabougrie en les baptisant « non-voyants » avec une pudibonderie de bigots cul-pincés tout à fait répugnante. Mais qu'attendre d'autre de ce siècle gluant d'insignifiance où l'hypocrisie chafouine est instaurée en vertu d'État par la lâcheté des cuistres officiels qui poussent la fourberie jusqu'à chialer sur la Pologne en achetant du gaz aux Russes.

Un soir que Ray Charles venait de donner un récital triomphal au Royal Festival Hall de Londres, une journaliste débutante, émue aux larmes par tant de talent, vint l'interviewer en tremblant dans sa loge.

« C'était magnifique, monsieur, vous m'avez fait pleurer ! dit cette jeune fille. Il y a dans votre voix déchirée tout l'espoir du monde. C'est... c'est plus qu'un chant d'amour, c'est un cri de vie ! Mais... ce doit être horrible d'être aveugle de naissance. Comment faites-vous pour exhaler tant de joie malgré cette nuit totale où vous êtes enfermé ?

– Bof, répondit Ray Charles, faut se faire une raison, ma petite. Vous savez, on trouve toujours plus malheureux que soi. Moi qui vous parle j'aurais pu être nègre... »

Donc Marcel Marceau est coupable.

Marcel Marceau : Le mime Marceau a passé beaucoup plus de temps à parler pour expliquer ce qu'il voulait dire en ne disant rien qu'à se taire devant des salles muettes.

Réquisitoire contre Alain Gillot-Pétré

24 novembre 1982

Françaises, Français,
Belges, Belges,
Mon président mon chien,
Monsieur l'avocat le plus bas d'Inter,
Mesdames et messieurs les jurés,
Public chéri, mon amour.
Bonjour ma colère, salut ma hargne, et mon courroux…
coucou !

Sale temps, les mouches pètent.

Ah, la vache, quel temps de chiottes ! À l'heure où je vous parle, j'ai les bonbons racornis et la stalactite tellement rétractée qu'on dirait un hermaphrodite de Praxitèle. C'est pas pour me vanter, mais y fait vraiment un temps à pas mettre un socialiste dehors. Même à Cannes, y fait un froid de poule, et à La Napoule y fait un froid de canard. Y a pu de saison.

Ah, c'est vraiment pas un jour à courtiser la gueuse sous les portes cochères ! Comme le dit si judicieusement le vieux dicton berrichon : « Frisquette en novembre, bistouquette en pente. » C'est simple, dans l'état où vous me voyez, je suis réduit à l'impuissance, avec mes fesses froides et mon gillot pétré ! Je serais incapable de violer une motte, même de beurre.

J'ai essayé, oui, l'autre soir, chez Maxim's. C'était le jour des Morts. Le 2 novembre. Pas le 1er novembre : le 1er novembre, c'est la fête de tous les saints, comme son nom l'indique, bande de papistes sous-doués que vous êtes ! Ah, je vous jure, si même les catholiques se mettent à être cons, maintenant, où va le monde, Dieu me tripote, où va le monde ?

Donc, le jour des Trépassés, j'étais allé cracher sur mes tombes et déposer une gerbe sur celle d'Aragon et bon, le soir venu, je décidai d'aller dîner chez Maxim's avec une espèce de vache normande que j'avais l'intention de traire le soir même pour me réchauffer la libido. Depuis que Cardin a racheté le fonds de commerce, je le dis à l'intention des smicards qui auraient l'intention d'économiser trois semaines de salaire pour se taper un radis-beurre chez Maxim's, c'est nettement moins bon. C'est très couturier comme maison, il y a des fils même dans les haricots blancs, la tête de veau a des boutons, les moules sont pleines d'ourlets : c'est franchement dégueulasse. En attendant le suprême vinaigrier aux écorces vermeilles – les carottes râpées, si vous préférez –, je me défonçais l'entendement au whisky fort d'une main, tandis que de l'autre j'agaçais un pis de la Blanchette qui broutait ses olives grecques en meuglant sobrement un discours météorologique boursouflé de banalités sans issue. Je commençais à la haïr de tout mon cœur, et c'était tant mieux car à l'instar du docteur Folly, quand je hais ça m'excite. J'ai quelque honte à l'avouer, mesdames et messieurs les givrés, mais je suis pour le rétablissement de la peine de mort pour les casse-bonbon qui vous coincent sur le trottoir ou au téléphone avec rien d'autre à dire que ces banalités trouducutoires concernant leur tension qui remonte ou leur thermomètre qui redescend. Est-ce que je vous raconte mes dîners bovins, moi ? Non, bon. Si, et alors ? Je vous préviens, les voisins, le premier ou la première qui me bloque avec son cabas pour me dire qu'y va pleuvoir, j'y fous mon poing dans la gueule. Le premier prix d'endurance dans la banalité, je le décernerais volontiers à une mémère poilue que je me suis retenu d'occire l'autre jour à coups de pompe dans le fibrome à la boucherie du coin. C'était sur le point de fermer. Il y avait au moins dix clients à piétiner d'impatience derrière cette gorgone prolétarienne de type prisunicard de banlieue qui déversait sans trêve entre ses chicots moisis les flots insipides de son insignifiance fondamentale dont les postillons filandreux venaient s'écraser dans le coin merguez et sur la tranche d'entrecôte à jamais souillée de cette salive septuagénaire mêlée de sang frais, arrêtez-moi je vais vomir. Mes compagnons de queue et moi-même ne commençâmes à souffler que quand cette répugnante sorcière consentit enfin à ouvrir son porte-monnaie pour payer ses cent grammes de foie de génisse sans cesser de gémir et de débattre en solitaire sur les incidences conjuguées des variations hygrométriques et de la pleine lune sur sa putain d'arthrite du genou, tandis que la bouchère blasée enrobait sans l'entendre ce pépiage insipide d'une poignée d'onomatopées de circonstance : « Ah, ben oui ! Ah ben, j'comprends ! Eh oui, eh oui, que voulez-vous, et dix qui nous font cent, ben oui. Au revoir, madame heu… »

L'immonde gargouille allait enfin partir quand soudain, au moment même où elle sortait de la file, alors que j'avais déjà ouvert la bouche pour commander

mon steak, l'odieuse fit soudain volte-face et dit :
« Ah ben, tiens, pendant que vous y êtes, maâme
Lherbier, mettez-moi donc deux cents grammes de
haché pour mon Maurice, des fois qu'il voudrait du
haché, passe que déjà hier soir y voulait du haché,
même qu'y m'a dit comme ça : "T'aurais pas du
haché ?" mais comme on n'avait pas fini le roast-beef
de dimanche, j'y ai dit : "Faut finir le roast-beef de
dimanche", et pis j'y ai fait une mayonnaise avec une
pointe d'estragon pour finir le roast-beef de dimanche,
je mets toujours une pointe d'estragon dans ma
mayonnaise, quand j'ai fini de saler, n'est-ce pas, c'est
comme qui dirait pour le goût sinon ça goûte pas,
n'est-ce pas. Tiens, mettez-moi donc cent cinquante
grammes pendant que vous y êtes, monsieur Lherbier,
ça fait pas grossir. Dites donc, à propos de grossir,
vous avez vu madame Le Brisou comme elle a
grossi ? À son âge, faut faire attention. Comme je dis
toujours : après 50 ans, c'est la cinquantaine. Pauvre
madame Le Brisou. A voit plus venir à présent… »

Quand elle s'est enfin décidée à sortir, j'en étais à
rêver de l'accrocher sous le menton au crochet à bœuf
du boucher. Et puis je l'ai regardée s'évanouir à petits
pas menus et trébuchants vers sa solitude misérable de
pauv' vieille et le sixième étage sombre et bas où son
vieux devait attendre son mou en regardant le journal
des cons et des non-comprenants, avec le chat calé sur
le rhumatisme articulaire, et je me suis dit que j'étais
bien peu charitable, mais que ça devait être à cause du
temps qui était vraiment dégueulasse à cause de ce
salaud de Gillot-Pétré. « Froid de novembre, cache ton
membre », disait Teilhard de Chardin, qui philosophait
rarement sans sa soutane en Thermolactyl Damart.

Et alors justement, chez Maxim's, j'en étais toujours à tripoter mon échantillon de cheptel, tout en m'imbibant le cortex d'alcool pur pour me donner du courage. Ayant atteint un degré de jovialité éthylique nettement au-dessus de ma moyenne habituelle, je décidai finalement de trombonner ma tête de bétail sans attendre : « La merveille écarlate dans son lit de pommes dorées à la bruxelloise » (la Francfort-frites de chez Maxim's). Observant un rite multimillénaire, malheureusement tombé en désuétude dans les préludes amoureux contemporains, je commençai par écarter les autres mâles en pissant autour de la table pour délimiter mon territoire. « Soyez mienne, maintenant, Priscilla, mon amour ! » dis-je au sac à bouse. Que la cour m'autorise à garder pour moi la fin de ce conte de fées finement nimbé de tendresse bucolique, mais enfin ma vie privée ne regarde que moi. Je dirai simplement pour conclure que mon inconséquence rédhibitoire, et quand je dis rédhibitoire, je baise mes mots, conduisit le maître d'hôtel, indifférent à mon amour, à nous pousser à la rue où, si j'ose m'exprimer ainsi, j'appris le caniveau d'une main en beurrant ma laitière de l'autre. Depuis ce jour-là, je suis tricard chez Maxim's, alors, quand j'ai une idylle, je m'la serre chez Lasserre.

Donc, et la fulgurance de mon raisonnement m'étonne moi-même, Alain Gillot-Pétré est coupable. Encore que je lui reconnaisse volontiers une circonstance atténuante : celle d'avoir réussi à faire passer une once de poésie et un doigt d'humour dans l'austère expression météorologique – c'est, à ma connaissance, la seule tentative d'humanisation de cette science aride depuis *L'Almanach des quatre saisons* d'Alexandre Vialatte dont les prévisions météorologiques pour l'hiver 1965 nous révélèrent pêle-mêle que, je cite : « Fin décembre, le loup, appelé ainsi à cause de ses grandes dents, dévore des personnes telles que sous-préfet, ou employé de la municipalité. Il mâche la personne et il en emporte un os pour le finir dans sa petite chambrette. Le thermomètre peut alors atteindre – 40 en Sibérie où il arrive qu'on trouve sous la glace un os de mammouth grand comme un chef de gare. On dit alors que l'hiver est rigoureux », mais maître Rego vous en convaincra mieux que moi.

Alain Gillot-Pétré : Météorologiste de la télévision victime d'un vent mauvais.

Réquisitoire contre Dorothée

25 novembre 1982

Françaises, Français,
Belges, Belges,
Wallons rouges, Flamands roses,
Monsieur le président pour du beurre,
Monsieur l'avocat pour de l'huile d'olive… rance,
Mesdames et messieurs les jurés pour de rire,
Public chéri, mon amour.
Bonjour ma colère, salut ma hargne, et mon courroux…
coucou.

C'était un mercredi ou un dimanche après-midi.
Toujours est-il que je traînais un morne ennui domini-
cal de pièce en pièce à travers la maison, en chaussettes, une canette à la main, un sandwich dans l'autre,
cherchant sans y croire l'idée fulgurante d'où jaillirait
l'un de ces réquisitoires implacables où la délicatesse
nacrée du style le dispute à la clairvoyance rigoureuse
de l'analyse austère au lyrisme glacé. Traversant la
chambre des enfants, je m'apprêtais machinalement à
enjamber ma progéniture abrutie d'images et vautrée
sur la moquette, pour éteindre le téléviseur barbitural
d'où montait sans grâce le beuglement sirupeux d'un
chanteur écorché vif, quand soudain, Dieu me turlute,
vous m'apparûtes. Vous m'apparûtes, Dorothée, mon

amour – vous permettez que je vous appelle mon amour. Je crus défaillir. Je sentis le *fa* se dérober sous mes pas, alors que normalement c'est le sol, c'est vous dire à quel point j'étais bouleversé. Mes bras tremblaient, mes jambes flageolaient au gigot, c'est tellement meilleur, bref mes membres, je veux dire la plupart de mes membres mollissaient. J'aurais voulu tourner le bouton car les boutons sont faits pour qu'on les tourne, sinon ça finit par couiller… ça finit par rouiller, mais je n'avais de fesse… mais je n'avais de cesse, mais j'étais comme figé devant votre visage, ma bien-aimée – vous permettez que je vous appelle ma bien-aimée ! La pétillante exubérance de vos yeux, la troublante malice de votre pipe… la troublante malice de votre bouche à faire les pitres selon saint Matthieu, l'érotisme acidulé de votre voix de gorge profonde quoique enfantine, mais l'avaleur n'attend pas le nombre des avalés, l'ourlet gracile de vos oreilles sans poils aux lobes, la finesse angélique de votre mou de nez de putain… de votre bout de nez mutin dont la pointe rose se dresse vers la nue comme le goupillon trempé d'amour que Mgr Lefèvre agite à la sainte Thérèse qui rit dans la Corrèze où la paire de Marie… où le maire de Paris, lui aussi, s'ennuie le dimanche en attrapant des champignons. Mais je m'égare aux morilles… Mais je m'écarte du sujet. Cette femme m'a rendu fou. Vous m'avez rendu fou, Dorothée, délicieux petit cabri sauvage indomptable – vous permettez que je vous appelle délicieux petit cabri sauvage indomptable ? Ah, Cabri, c'est fini ! Ah, Jésus, Marie, Léon ! Ah, femme étrange ! N'abrites-tu point, sous la robe austère de la speakerine, la plus fine petite culotte de soie noire sauvage qui, comme un écrin de pétale velouté d'orchidée sauvage, maintient dans la chaleur moitée de son duvet tendre les plus exquises rondeurs charnelles finement duveteuses où la tiédeur exsangue de l'été finissant a laissé la dorure attendrie de ses rayons ultimes poser son sourire de cigale sur ton corps alangui que ma détresse exalte aux soirs de solitude où tu me laisses anéanti d'impuissance et totalement dérisoire devant cet écran glacé où je me cogne en vain, comme le papillon de nuit aveugle en rut se calcine la zigounette sur l'ampoule brûlante où la phalène poudrée l'attend les ailes offertes et le ventre palpitant pour une partie de trompes en l'air.

Il faut me comprendre, pour toi, je vibre, ô ma sœur – vous permettez que je vous appelle ma sœur. Comprenez-moi tous. Des speakerines, il y en a des tas, et quand je dis des tas, je baise mes veaux… Je pèse mes mots. Il y a les anciennes : la belle Denise, inamovible, irréfutable, irrémédiable, soudée à sa chaîne comme un débouche-évier sur un sanitaire, la belle Denise qui sut hisser la littérature française vers les sommets inconnus du sublime avec son ouvrage monumental : « Comme vous j'aime, je ris, je pleure », quelquefois même elle pète, la belle Denise, dont la bouche vaste et profonde n'est pas sans rappeler la grotte de Lourdes. Il y a aussi la belle Jacqueline (qui s'en souvient ?) qui préfère nous faire entendre aux heures creuses le piano à bretelles, plutôt que de décrocher, tant elle bandonéon, il y a encore la belle Caurat, qui lèche le timbre sans lâcher l'antenne.

Et puis il y a les nouvelles, et je les aime aussi, et je suis prêt à crier : Vive Fabienne, Vive Corinne, Vive Germaine, Vive Angèle, bien sûr. Il y a enfin le joli speakerin, beau comme une pub de caleçon long dans le catalogue des trois cuisses. Je dirai en parodiant Brassens : « Chacune a quelque chose pour plaire, chacune a son petit mérite mais mon colon celle que j'préfère, c'est Dorothée de 6 à 8. »

Ah, Dieu me tripote, lui !

Ah, Dieu me tripote, Dorothée, mon impossible amour, soyez mienne, ma biche ! – Vous permettez que je vous appelle Bambi ? Parmi toutes vos copines, vous si pleinement éblouissante, vous détonnez cruellement, comme un diamant somptueux dans un carré de topinambours, comme un cygne royal entouré de mouettes emmazoutées, comme un ouvrier polonais dans une soirée CGT, comme un lys au pays des merdouilles.

Ah, Dorothée, je vous l'ai dit, la première fois que nous nous rencontrâmes, et je vous le redis, en récitant Pagnol : « Vous êtes belle comme la femme d'un autre. »

Ah, la première fois que nous nous rencontrâmes !

Rappelle-toi, Dorothée. Il pleuvait sans cesse sur Brest, ce jour-là, mais on s'en foutait, on n'était pas à Brest. C'était à Monte-Carlo, la ville des palmiers princiers, des promoteurs couronnés, des plésiosaures grabataires couverts d'or pur et de dollars douteux, des cliquetantes mémères emperlouzées jusqu'au fibrome, des casinos éternels et des princesses biodégradables. J'étais de méchante humeur, j'étais à Monte-Carlo et je n'avais monté personne. Vous êtes entrée dans le petit studio de radiophonie où je vous attendais. À votre vue, Yves ne fit qu'une promenade… Montand ne fit qu'un tour… Mon sang ne fit qu'un tour. Mince et gracile, vous étiez là, belle comme l'Acropole – vous permettez que je vous appelle Paul ? Nous étions seuls et complètement nus, à part les trente personnes et nos vêtements de ski… Comme la colonne de Mercure d'un thermomètre sur un poêle, je sentis mon émoi grimper vers les soixante-cinq degrés à l'ombre, on n'avait plus vu ça depuis la grande sécheresse de l'été 1893 à Ouagadougou !

« Tu ne pourras pas assurer cette émission, me dis-je. Il faut te calmer à tout prix. » Je pris une tartine et je fonçai aux toilettes me faire une piqûre de pain complet, car je n'avais plus de Penthotal. C'est ce qui m'a sauvé. Maintenant, fuyez, Dorothée, malheureuse, avant que ça me reprenne. Vous êtes belle comme un taxi, vous permettez que je vous appelle un taxi ?

Donc Dorothée est coupable, mais son avocat vous en convaincra mieux que moi.

Dorothée : À la télé, elle était l'idole des petits enfants et le fantasme des grands pervers qui ne savaient pas, comme Desproges, résister à une fossette et à une jupe plissée.

Réquisitoire contre Yannick Noah

26 novembre 1982

Françaises, Français,
Belges, Belges,
Tennismaniennes, tennismaniens,
Mon président, mon gros chien, mon gentil chien,
mon saint Michel, mon saint Bernard,
Monsieur l'avocat le plus bas d'Inter,
Mesdames et messieurs les jurés,
Public chéri, mon amour.
Bonjour ma colère, salut ma hargne, et mon courroux…
coucou.

Ce qui frappe d'emblée dans le personnage de Yannick Noah, me disait tout à l'heure mon ami Rabol, ce n'est pas le tennisman. C'est le nègre.
À cet égard, je voudrais tout d'abord faire la mise au point qui s'impose. Et vous lire une lettre d'un auditeur tellement en colère qu'il a oublié de signer… Je ne sais pas si vous l'avez remarqué comme moi, monsieur le président, c'est fou le nombre d'étourdis qu'il y a parmi les gens courageux ! Je vous soumets cette lettre :

Monsieur,
Comme speaker, vous êtes un minus. Vous avez tourné en dérision le maréchal Pétain. C'était obscène

et bas. Bien sûr, c'est facile, un mort, ça ne peut pas se défendre. Monsieur, nous avons idée de votre origine… [Me dire ça à moi : je suis limousin par mon père et RPR par ma mère.]

Il est honteux qu'à la radio française, si toutefois on peut encore l'appeler française, on paye des cochons pour cracher sur notre passé.

Les speakers ne respectent plus que l'argent de leur grosse mensualité, et ce n'est pas étonnant car l'exemple du laisser-aller vient de plus haut. [À ce stade de la lecture de cette lettre, mesdames et messieurs les jurés, je demanderais presque à l'huissier de vous distribuer des sacs à vomi. En tout cas, accrochez-vous.]

L'exemple du laisser-aller vient de plus haut. La décadence grandit depuis que la Simone Weil, par le truchement de sa politique, a créé un holocauste en faisant voter la loi sur l'avortement, car les bébés, pas plus que les déportés, n'ont jamais demandé à mourir. La Simone Weil a attenté à la vie, et cela en temps de paix alors que du temps du Maréchal il y avait les bombardiers et on n'avait pas le temps de freiner et de peser les décisions. Monsieur, comme speaker minus vous serez sûrement décoré par le directeur, l'insolence est bien acceptée en ce moment pour tous ceux qui se moquent des Français d'origine.

Ainsi il arrive encore que quelques auditeurs nous écrivent pour protester avec tact et délicatesse contre la présence de gens de couleur ou de religion minoritaire dans cette émission. Il est vrai qu'il y a de plus en plus d'étrangers dans le monde. Il y a de plus en plus de non-Berrichons sur les courts de tennis, et de non-bretonnants derrière les micros radiophoniques. J'en suis le premier choqué, mais je tiens à préciser que, malgré quelques divergences avec la direction de France Inter et le producteur de cette émission, je suis entièrement d'accord avec eux sur un point : puisque nous en sommes enfin à l'heure du changement, pourquoi, de temps en temps, n'inviterions-nous pas des bougnoules sur notre antenne ?

Certes, en agissant ainsi, je suis conscient du fait que nous risquons de choquer ces mêmes auditeurs déjà scandalisés par le langage ordurier de Luis Rego, qui est le langage du peuple. Je sais : c'est affreux, le peuple, j'en ai parmi mes gens. Croyez-moi, chers auditeurs, je préférerais voir dans ce box la princesse Grace de Monaco ou la comtesse de Paris dont l'énorme cul... culture nous changerait un peu de toute cette vermine populacière.

Hélas, je ne peux que conseiller aux racistes viscéraux de retourner se masturber en lisant *Mein Kampf*. Quant aux personnes sensibles du tympan que révulse la vulgarité des propos émis ici, qu'elles écoutent France Culture ! Justement en ce moment y a une émission-débat de Marguerite Duras et Jack Lang sur le thème de l'influence de la philosophie post-cathare du XVIIe sur l'évolution du cinéma égypto-indien de l'après-guerre, avec des intermèdes primesautiers au cours desquels ceux des membres de l'Académie française qui ne font point encore pipi sous eux réciteront du Musset sans desserrer le cul de poule qui leur tient lieu d'orifice buccal. En tout cas, chers auditeurs français de souche, écartez vos petits-enfants et vos grands-pères fragiles de votre transistor. Il y a dans ce studio cosmopolite un tennisman basané, deux fils du peuple, dont un de type ibérique, et un type seine-et-marnais, et moi-même je ne me sens pas très bien.

À ce stade de mon propos, vous êtes en droit de vous demander s'il ne serait pas temps pour moi, là, maintenant, tout de suite, dès à présent, sur-le-champ, à l'heure où je vous parle, s'il ne serait pas temps, avant de libérer la piste et de céder la place aux ballets de Lisbonne dont l'étoile vacillante s'étiole frileusement dans son tutu sacerdotal trop vaste pour ses pauvres mollets blêmes gorgés de sang de morue par la grâce de tata Rodriguez, la reine du paquet fado dont je ne vous ai plus parlé pendant plus de six semaines parce que pendant six semaines j'ai eu des bouts d'idées, alors que là, aujourd'hui, je sèche et je m'embrouille au point de ne plus être capable de me rappeler le début de ma phrase ni même l'esprit de mon propos, si tant est qu'on puisse parler d'esprit pour qualifier les timides tressaillements court-circuiteux de l'inextricable salmigondis des neurones trop longtemps marinés dans le jus de veuve-clicquot où mes deux hémisphères cérébraux clapotent douillettement, comme les deux fesses d'un aoûtien atlantique attendant la marée basse pour bouger son cul à l'heure du berger.

Vous n'imaginez pas à quel point cela peut être horrible, mesdames et messieurs les jurés, pour un forçat plumitif quotidien comme moi, combien cela peut être épouvantablement intolérable de s'apercevoir, au détour d'une virgule piégée, qu'on a oublié le début de sa phrase, d'autant qu'en l'occurrence, Seigneur, c'est affreux, ce n'est pas seulement le verbe qui m'échappe, mais l'idée elle-même ! Je ne sais plus du tout de quoi je parlais il y a trente secondes ! Je ne sais même plus où je suis ! Qu'est-ce que c'est, tous ces gens qui me regardent ? Qu'est-ce que je vous ai fait ? Je sais, maman, je sais, je suis paranoïaque, mais c'est pas parce que je suis paranoïaque qu'y sont pas tous après moi ?

Et qu'est-ce que je fous dans cette espèce de connerie de djellaba multicolore ? Et celui-là, qu'est-ce qu'il a, qu'est-ce que c'est, qui c'est celui-là ? Vous êtes pas d'ici vous ? J'ai ici vos papiers. Noah Yannick ? Né le 18 mai 1960, à Sedan (qu'est-ce qu'on peut faire comme conneries à Sedan !), d'un père noir et d'une mère blanche ? Pourquoi pas ? Moi j'ai découvert l'amour avec un Père blanc sur la mer Noire, alors… !

Bon. Voyons cette fiche de police : Noah Yannick, 18. 5. 60, 1 m 92, 81 kg… Tiens, 18 mai 60. Vous êtes Taureau ascendant Cancer ? C'est curieux, la proportion de Taureau ascendant Cancer parmi les sportifs. Personnellement, je connais un matador ascendant Taureau. Il a un cancer. Ça fait marrer les vaches. Chacun son tour…

1 m 92, 81 kg. Signe particulier néant… Néant… Faut pas exagérer non plus… (Dis donc la coiffure !) Vous croyez quand même pas que vous passez inaperçu, avec votre abat-jour en astrakan sur la tronche ? C'est Saint-Maclou qui vous coupe les cheveux ? Ou alors c'est Carita qui a un contrat d'exclusivité avec les râteaux du BHV ?

Signes particuliers : néant ? Tu parles ! Tiens, ça me rappelle cette suave anecdote toute nimbée de frêle tendresse poétique que nous narrâmes ici même l'année dernière, mais que je ne résiste pas au plaisir de vous re-narrer aujourd'hui, ne serait-ce que dans l'espoir de faire crever de rire le fumier de raciste hystérique qui nous pondit la missive diarrhéique susdite.

Ça se passe à l'heure du crime dans un couloir du métropolitain. Deux inspecteurs en civil abordent un suspect. Attention, un suspect, pour un flic, c'est pas forcément un Arabe ou un jeune. Ça peut aussi être un nègre. Là, justement, c'est un Africain.

« Vos papiers ?

– Les voici, présentement, mon cher ami.

– Mmmouais. Mamadou N'Guessan Koffi, étudiant, né le 3. 7. 61 à Bouaké, Côte-d'Ivoire… Dites donc, c'est vous sur la photo là ?

– Ah oui, présentement, c'est moi-même, mon cher.

– C'est vous qui le dites. Moi je vous reconnais pas du tout, là-dessus. Enlevez vos Ray-Ban pour voir ?

– Ah, mon cher, ce ne sont pas mes Ray-Ban, ce sont mes narines ! »

Donc Yannick Noah est coupable, mais son avocat vous en convaincra mieux que moi.

Yannick Noah: Le champion de tennis franco-camerounais est devenu un chanteur afro-jamaïcain à dreadlocks. Tout fout le camp.

Réquisitoire contre Gérard Zwang

29 novembre 1982

Françaises, Français,
Belges, Belges,
Névropathes, névrosés,
Sexopathes, sexogenoux,
Mon président ma bête,
Mon petit barreau poilu,
Mesdames et messieurs les jurés,
Public chéri, mon amour.
Bonjour ma colère, salut ma hargne, et mon courroux…
coucou.

Il y a longtemps, mesdames et messieurs les jurés, que je guettais une bonne occasion pour cesser de parler de sexe dans mes réquisitoires. Eh bien, cette occasion est venue : la seule présence en ces lieux d'un trouducologue patenté, pas tentant non plus, a relégué en moi toute velléité d'exhiber ici mes moindres pulsions zigounettophiles ou piloupileuses.

Le sexologue, mesdames et messieurs les jurés, est à l'amour ce que le péage est aux autoroutes. Supprimons le péage, ça ne nous empêche pas de rouler. Supprimons le sexologue, ça ne nous empêchera pas de baiser.

L'amour, monsieur Zwang, il y a ceux qui en parlent et il y a ceux qui le font, à partir de quoi il m'apparaît urgent de me taire. Ou bien alors, parlons de l'amour, mais sur un ton plus noble, pas Soubirous-la-niaise! Débarrassons-nous pour un temps de l'étouffante enveloppe charnelle où s'ébroue sans répit la bête ignominieuse aux pulsions innommables, dont l'impérieux désir, jamais assouvi, attise de son souffle obscène la flamme sacrée de l'idylle tendre dont il ne reste rien que ce tison brandi qui s'enfonce en enfer avant que ne s'y noie son éphémère extase qui nous laisse avachis sur ces lits de misère où les cœurs ne jouent plus qu'à battre sans vibrer pour pomper mécaniquement l'air vicié des hôtels insalubres où la viande a vaincu l'amour.

« Ad majorem Dei gloriam », pour la plus grande gloire de Dieu, mes bien chers frères, portons ensemble vers d'autres cimes notre quête de l'amour. Laissons Gérard Zwang et le grand singe cynocéphale du zoo de Vincennes chercher la petite bête sous les poils de la grosse, et penchons-nous sur l'amour avec un A aussi majuscule qu'un quatrain de Ronsard dans le cou de Cassandre. Car l'amour en son temps eut ses chantres, avant que de sombrer dans la triperie et la parapsychologie des latrines où Freud et vous l'avez cloué, monsieur Zwang. (Je dois dire que comme mauvaise foi je m'étonne parfois.) Dieu merci, avant vous, avant cette ère de matérialisme corrompu où la main de l'homme ne prend plus que son pied, avant vous et vos semblables, et les écrivains de pissotières qui vous suivent la queue sous le bras, il y eut Shakespeare, il y eut Racine, il y eut Aragon et même Jean Genet qui a toujours su faire éclore les plus fragiles pervenches sur la boue de ses turpitudes. Roméo et Juliette, Tristan et Iseult, Porgy et Bess, Laurel et

Hardy. Ah, Roméo et Juliette ! En voici deux qui surent s'aimer sans le secours des sexologues, sans qu'il fût jamais besoin de leur disséquer le *Kama Sutra* ou de leur raconter les aventures de Cunni-Lingus au pays des Cramouilles. Ah, petits enfants de France, avant que ne vous souillent les apologues de la chair dans les facultés caleçonniaires de vos lendemains sans amour, laissez-moi vous conter la belle et sombre histoire de Roméo et Juliette…

Car Roméo et Juliette, c'est avant tout un drame atroce. Personnellement, ça me fait rire. Mais c'est nerveux. Tous les drames atroces me font rire. Je viens de perdre la plupart de mes enfants dans un accident d'autocar. J'en ris encore. L'histoire de Roméo Roux et de Juliette Combaluzier a fait l'objet d'un drame en cinq actes de William Shakespeare. Mais on peut raisonnablement douter de la véracité des faits, tels que nous les rapporte cet auteur anglais dont on sait fort peu de choses.

En effet, si l'on connaît avec précision la date de la mort de Shakespeare, on ne sait pas s'il est né. Alors qu'Adolf Hitler, par exemple, c'est le contraire.

Là s'arrête d'ailleurs la comparaison entre ces deux hommes. Autant Shakespeare était bon et respecté de tous, autant Hitler était mauvais. Et respecté de tous également. Aujourd'hui encore, malgré l'évolution des mœurs et la libération de l'homme grâce à l'autoroute à quatre voies et au stérilet inoxydable de type Pince-mi et Pince-moi sont dans l'utérus, nombre de nos contemporains parlent encore d'Adolf Hitler en termes discourtois, voire hostiles. Alors que quand on demande à brûle-pourpoint à ces mêmes personnes ce qui leur déplaît le plus chez Hitler, elles sont généralement incapables de préciser si c'est le peintre ou l'écrivain.

La place qui m'est impartie ici, entre la péroraison psycho-analytique du Massif central et la tradition-nelle minute d'expression ibérique des ballets de Lis-bonne, ne m'autorise pas, hélas, à vous narrer par le menu les détails douloureux du drame atroce de Roméo Delafon et de Juliette Jacob. En résumé, on peut dire que l'action se situe en Vénétie, avant la mort de Shakespeare.

Juliette Rivoire et Roméo Carret s'aiment éperdu-ment, d'un amour indestructible, éperdu, d'une inten-sité inimaginable. Si ç'avait été du vent, on aurait dit « d'une intensité force 8 à 9 Beaufort », mais justement, c'était pas du vent. Ils s'aimaient tant que quand Roméo prenait froid, Juliette toussait. Quand Juliette avait le cancer du genou, Roméo se faisait amputer la jambe. Quand Roméo gagnait le Tour de France, Juliette endos-sait le maillot jaune. (Il gagnait rarement le Tour de France. Essayez avec une seule patte, vous verrez…)

Bref, c'était un amour ardent et majuscule, mais la haine qui opposait leurs familles réciproques, les Montacul et les Tanculé, était tout aussi incommensu-rable, comme nous le montre la terrible scène 2 du premier acte de la pièce de monsieur Shakespeare, dans laquelle Simone de Rivoire, la mère de Juliette, exprime à sa fille son opposition formelle à l'union des deux jeunes gens : « My living-room, thou shalt not gouzi-gouzi with that boy, even in pote. » (Moi vivante, tu ne coucheras pas avec ce garçon même en copain.)

Ce à quoi la malheureuse Juliette, au risque de se fâcher à tout jamais avec sa famille adorée, ne peut répondre que par ce cri : « And my bottom, is it some chicken ? » (Et mon quiou, c'est diou poulet ?)

LA MÈRE : But, God tripote myself (Mais, Dieu me bénisse), Juliet, my dear, thou should have known that Capulet don't copulate. (Tu devrais savoir qu'on ne baise pas avec les Capulet.)
JULIETTE : You know what he says to you, Capulet ? (Tu sais c'qu'y t'dit, Capulet ?)

Ô drame atroce de l'amour impossible ! Ô douleur cruelle qui te fit périr, Juliette, car la pauvre biche sut dès cet instant qu'elle allait mourir ! Oui, la pauvre biche le sait : Yes, Bambi knows !

Tout le monde connaît la triste histoire de ce poète africain lisant au fronton d'une pharmacie HOMÉOPATHIE, et s'écriant alors : « Ah, homéopathie ! Pauv' Juliette. » « Merdas merdum et omnia merdas » (Ah, Barbara, quelle connerie la guerre), dit Roméo en apprenant le suicide de Juliette le jour même à l'heure du déjeuner : « Bonjour ! Juliette de Monaco n'est plus. Il fallait jouer le 6, le 17 et le 3. Bonjour. »

Désespéré, Roméo se laissa aller à toutes les débauches pour tenter d'oublier. De déchéance en déchéance, il s'adonna d'abord à la boisson, puis aux drogues douces, puis aux drogues dures, devenant tour à tour voleur d'enfants, trafiquant d'héroïne et, finalement, abonné au journal *Le Monde*.

Donc, Gérard Zwang est coupable, but his Portuguèse will convince you mieux que moi.

Gérard Zwang : Le nom de ce sexologue exhibitionniste aurait fait un malheur au Scrabble.

Réquisitoire contre Pierre Perret

30 novembre 1982

Françaises, Français,
Belges, Belges,
Mon président mon chien,
Monsieur l'avocat le plus bas d'Inter,
Mesdames et messieurs les jurés,
Public chéri, mon amour.
Bonjour ma colère, salut ma hargne, et mon courroux… coucou.

J'abrège le début, on n'est pas là pour perdre du temps en salamalecs, j'ai un cassoulet sur le feu. Ça n'attend pas. Ça mijote avec la couenne et les viandes, le lard, la toulouse, l'échine, le canard, le mouton et l'ail et les mogettes et le bouquet garni, n'oubliez pas ! Maintenant il va falloir que je mette le confit, à peu près à mi-cuisson. Si vous mettez le confit au début de la cuisson, connards, il va être complètement en bouillie, alors que la couenne sera encore raide comme le pneu de la justice… comme le pneu Michelin… comme le Massif central. Ou alors faut faire blanchir la couenne au début avec la poitrine demi-sel. Remarquez, ça serait plutôt la recette de Castelnaudary que celle de Toulouse…

Bien. De quoi s'agit-il ? Qui c'est celui-là ? Qu'est-ce qu'il a fait ? Allez, vingt ans, qu'on lui en colle pour vingt ans. À propos de colle, dans la recette de Castelnaudary, ils ne mettent pas de confit, les cons ! Alors évidemment, z'est sec, z'a attache, z'est pour za que le cazzoulet de Caztelnaudary colle.

Tiens, je lis dans votre dossier que vous naquîtes à Castelsarrasin, monsieur Perret. Ah, Castelsarrasin, rude cité médiévale aux lourds vestiges de pierre ! Ô tragiques échos des fracassantes batailles de fer de feu de sang ! Mille ans après vous résonnez de mort quand s'abat la minuit sur l'orgueilleux vestige de la fière église romane que Castelsarrasinus Ier, roi de Tarnégarronie, fît bâtir en 1150 sur les lieux mêmes où Tarnus et Garonnus tétèrent la louve sarrasine avant de fonder les premiers remparts de cette ville si belle qu'aujourd'hui encore on l'appelle la Sarcelles du Sud. Autant Castelsarrasinus Ier était fier et bien membré, autant son fils Castelsarrasinus II était lâche et mou. Velléitaire et peu consciencieux, il arrêta les Arabes à moitié en 1632. C'est alors que, dans sa prison de Castelsarrasin, le sultan Ahmed Ali Kahassoul, pour tuer le temps en attendant la mort, se mit à inventer le plat qui allait porter son nom, le kahassoul, qui, passant plus tard du couscoussier géant à la petite casserole garonnaise, troqua son nom barbare de ka-hassoul pour celui, plus tendre à l'oreille, de kaaa-soulé.

Le cassoulet enfin inventé, il ne restait plus qu'à exterminer les Arabes et à inventer le vin rouge, car un cassoulet sans vin rouge c'est aussi consternant et incongru qu'un curé sans latin ou qu'une femme à genoux sans porte-jarretelles, rayer la mention inutile.

Le vin rouge fut inventé en 1643 par le duc de Bordeaux, qui ressemblait à Mauroy, mais je m'égare et pas seulement d'Austerlitz. De nombreuses personnes accompagnent couramment le cassoulet de vin de Cahors ou de Madiran. Ce sont des imbéciles, ou des pauvres, quelquefois les deux. Le madiran râpe, agresse et laisse en bouche le goût âpre et grossier des cépages pierreux. Son seul intérêt, qui permit à la France profonde de lutter contre la surpopulation, à Castelsarrasin après la guerre d'Algérie : les harkis sont solubles dans le madiran.

Quant aux vins de Cahors, il y a les meilleurs et il y a les pires. Les pires ayant fait une entrée en force sur le marché depuis qu'une poignée de noctambules parisianistes éthyliques de gauche en ont galvaudé le snobisme de chez Castel à la Coupole et de Tata Sagan à Carlo Ponti en passant par la Loren avec ses gros sabots.

Ainsi lança-t-on dix ans plus tôt la mode imbécile du beaujolais nouveau qui permet désormais tous les ans à des vignerons peu scrupuleux d'écouler vite fait leur saloperie de bibine pas mûre et trafiquée à la plus grande joie de millions de prolétaires zingueurs qui viennent se faire ronger les muqueuses après le turbin à grandes goulées violacées de cette vomissure corrosive si épouvantable et si totalement imbuvable que même un Portugais n'en voudrait pas.

Attention. Ne me faites pas dire ce que je n'ai pas dit. Il y a de bons beaujolais. Même jeunes. Un bon beaujolais chiroubles ou fleury se reconnaît à sa robe qui doit être brillante et translucide… Rien que de voir à travers sa robe, on a envie de la boire et c'est pourquoi le vin est femelle et le bien boire érotique !

Pour en revenir aux graves problèmes de l'heure, mesdames et messieurs les jurés, je dirai, au risque de me faire excommunier par le premier Castelsarrasinois venu, que seul un grand bordeaux peut souligner à point la lourde folie sensuelle polychrome d'un grand cassoulet toulousain. Ah, saint Émilion, priez pour moi, pauvre pécheur ! Pierre Perret, mon lapin, vous qui semblez un homme normal comme moi, avec votre trogne de chanoine lubrique à culbuter les nonnes pendant l'élévation quant les autres baissent la tête et la queue, Pierrot, mon frère, je le sais, je le sens, je sais que, comme moi, tu sais ce que jouir veut dire, et que tu peux prendre la même extase à téter une femme du monde qu'à sucer un Figeac 71, à mordre dans un sein blanc d'adolescente exquise ou dans la chair fondante d'une échine attendrie nimbée à peine de l'effluve tendre de la girofle poivrée que la mogette blanche entomatée de rouge atténue sous ta langue affolée où le jus flamboyant de la treille gicle en un spasme lent entre tes grandes lèvres offertes… Ah, Dieu me sustente, comme dit mon oncle : « Un homme qui aime la bonne chère et le bon vin ne peut pas être tout à fait mauvais », et Mère Teresa d'opiner : « Ça, c'est vrai ça ! »

Oui, c'est vrai. Pourquoi croyez-vous que les petits enfants faméliques aux yeux fiévreux du tiers-monde, qui s'étiolent et se fanent pendant que nous bâfrons, pourquoi, mesdames et messieurs les jurés, croyez-vous que ces enfants-là ont parfois le regard mauvais ? C'est parce qu'ils ne savent pas apprécier un bon cassoulet ou un bon vin. Pourquoi croyez-vous que le regretté chancelier Hitler ait affiché toute sa vie sur sa noble tête aryenne cet air atrabilaire et bougon qui lui valut une certaine réputation d'intolérance auprès des milieux cosmopolites européens ? Parce qu'il ne savait pas se tenir à table. Voilà un homme qui, tout au long d'une vie entièrement consacrée à la lutte contre l'antinazisme primaire, ne sut jamais se servir d'une poêle ou d'une casserole ! Quant à ce qui sortait de son four à gaz, je vous raconte pas. Arthur Martin vous en donne plus.

Je voudrais ouvrir ici une courte parenthèse. J'ai pleinement conscience, soudain, de l'extrême mauvais goût que je montre en ricanant bassement sur un thème aussi grave que les fours crématoires.

Quarante ans ont passé, mais toutes les plaies ne sont pas refermées, c'est pourquoi, afin qu'ils ne me tiennent pas rigueur de l'esprit grinçant que j'affiche ici dans le seul but d'être à la mode, je prie sincèrement les anciens nazis de bien vouloir m'excuser de me moquer d'eux aussi sottement et aussi peu charitablement.

Mais je cause, je cause, et le cassoulet n'attend pas. Avant de céder la place à la traditionnelle minute d'expression corporelle des ballets de Lisbonne, je ne voudrais pas que l'on m'accusât de sectarisme pro-saint-émilion. Les meilleurs cassoulets s'accommodent fort bien des meilleurs graves rouges. Il faudrait être hépatique ou iranien pour cracher sur un pape clément 66 ou un haut-brion, même plus jeune. Personnellement, je fais confiance au château haut-brion, dont le vignoble, en plein faubourg de Bordeaux, est entretenu avec amour par des vignerons élevés en liberté et entièrement nourris au maïs. J'ai à la maison des demi-bouteilles de haut-brion. Quand j'ai envie de me taper un cassoulet tout seul à la maison (je pratique l'onanisme gastronomique), au lieu d'ouvrir une grande bouteille, j'en ouvre sept ou huit petites ! Astucieux, non ?

Donc Pierre Perret est coupable, mais son avocat vous en convaincra mieux que moi.

Pierre Perret : Dommage qu'il y ait eu Brassens avant lui et Coluche après. Sinon, aujourd'hui, il ne serait pas connu seulement pour ses livres de cuisine.

Réquisitoire contre Cavanna

3 décembre 1982

Françaises, Français,
Belges, Belges,
Mon président mon chien,
Indécrottable raclure du barreau de mes deux chaises,
Mesdames et messieurs les jurés,
Public chéri, mon amour.

Le seul fait que cet homme existe, mesdames et messieurs les jurés, est une insulte au bon goût français. Je connais personnellement, de par mes humbles activités littéraires, dont je ne dirai rien d'autre pour ne pas faire de publicité aux éditions du Seuil, je connais, dis-je, dans les milieux huppés des belles-lettres françaises quelques journalistes trou-du-cul-pompeux qui trou-du-cul-pompisent dans maints hebdomadaires glacés et s'esbaudissent épisodiquement à la relecture de Rabelais alors qu'ils trouvent Cavanna vulgaire. Le monde est ainsi fait d'étranges paradoxes. Je connais ainsi des gens qui trouvaient Giscard nul et qui trouvent Mitterrand génial ! D'autres qui vomissent Jaruzelski, mais qui souperaient volontiers chez Pinochet, alors que... à part la marque des Ray-Ban... Je connais même un conseiller présidentiel qui a peur de la dictature de Pivot mais qui ne craint pas de sauter sur les genoux de Fidel Castro ! Mondo Cane !

Mais je m'écarte du sujet. Et c'est tant mieux parce qu'autant vous l'avouer, mesdames et messieurs les jurés : même pour de rire, je suis incapable d'enfoncer Cavanna qui reste aujourd'hui l'inventeur de la seule nouvelle forme de presse en France depuis la fin de l'amitié franco-allemande en 1945, et l'un des derniers honnêtes hommes de ce siècle pourri. Croyez-moi, Cavanna, seule la virulence de mon hétérosexualité m'a empêché à ce jour de vous demander en mariage.

Charlie Hebdo est mort depuis près d'un an ! Déjà ! Ôôôôôô ! Ô Temps, suspends ton vol.

Mon Dieu, mon Dieu ! Comme la pilule ! Comme le stérilet ! Comme le temps passe… et nous glisse entre les doigts… Ô arrêter le temps ! Repousser à jamais l'heure inéluctable du tombeau… Mais non, hélas, la camarde ricane et nous guette sans hâte tandis que sournoisement d'heure en heure nous ne cessons de nous flétrir, de nous racornir, de nous friper, de nous tasser lentement mais sûrement jusqu'au stade ultime où les microbes infâmes nous jailliront des entrailles pour nous liquéfier les chairs et nous réduire à l'état d'engrais naturel. Qu'es-tu devenue, toi que j'aimais, qui fus pimpante et pétillante, bouche de fraise et nez coquin, qu'est-ce que tu fous sous ton cyprès ? Qu'es-tu devenue ? Oh, je sais : tu es devenue… azote 12 %, acide phosphorique 17 %, sel de phosphate 21 %, âme 0…

Arrêter le temps ! Je connais malgré moi à mon corps défendant et à mon cul défendu, dans mon voisinage, une dinde para-artistique que je hais particulièrement de tout mon cœur, une de ces attachées de fesses pour relations bibliques qui secouent leur

incompétence en gesticulant vainement sur les plateaux de télévision et dans les cocktails littéraires où
elles fientent sans grâce leur sous-culture de salon, un
doigt d'Albert Cohen, deux doigts de Laura Ashley,
un zeste de Bobby Lapointe… lequel avant d'être à la
mode mourut au reste dans l'indifférence générale de
la France entière, excepté le 14ᵉ arrondissement de
Brassens et de Fallet, mais je m'égare et pas seulement de Montparnasse, bref, je connais une connasse
dont au sujet de laquelle je me demande soudain de
quoi-t-est-ce que je cause-t-on ? Ah oui, c'était à propos du temps qui passe. Alors bon, cette remarquable
imbécile cogna l'autre jour à mon huis (on peut
cogner à mon huis. On ne doit pas cogner sur mon
Luis), dans le but de nous emprunter je ne sais plus
quel appareil électronique, quand ma fille cadette qui
va sur ses six ans sans s'arrêter de courir après les
Indiens lui déboula dans l'entrejambe à la suite d'une
fausse manœuvre de son vaisseau spatial conduit par
Rox, Rouky ou Superwoman, va savoir…

« Ah, ma chérie ! Ah, comme elle est mignonne,
merde quoi ! On est une grande fille, dis donc. » Et à
moi : « Alala, qu'est-ce qu'elle a grandi depuis la ren-
trée !

– Mais non, lui dis-je. Mais non, elle n'a pas grandi.
Elle a vieilli. Elle est de plus en plus vieille. Elle a
déjà perdu ses premières dents ! D'accord, elles vont
repousser, mais après elle va perdre ses deuxièmes
dents. D'accord, elles vont repousser, mais après ?
Fini ! Et après les dents, c'est les cheveux ! Quelle
horreur ! »

Le temps nous pousse. Sans répit depuis le berceau,
le temps nous pousse, le temps nous presse sans trêve

vers le trou final : Tic Tac Tic Tac… Tic Tac, merci cloaque !

Ô arrêter le temps !

Connaissez-vous cette légende africaine que racontent encore à la veillée les vieux pêcheurs du Nil de Bar-el-Abiad ? Elle raconte le temps qui passe et la mélancolie de toute chose, et les vieux la psalmodient inlassablement à la veillée, en ravaudant leurs filets, pour que les jeunes piroguiers écervelés apprennent que la vie n'est pas éternelle et que, comme le dit Aragon désespérément : « Le temps d'apprendre à vivre, il est déjà trop tard. »

C'était il y a longtemps, longtemps, avant que l'homme blanc ne vienne troubler le calme lourd des chauds plateaux du Sud avec ses clairons d'orgueil et son attirail à défricher les consciences. Un soleil de plomb tombait droit sur le Nil Blanc où les bêtes écrasées de chaleur venaient se tremper la tête jusqu'au garrot pour boire goulûment l'eau tiède et marécageuse.

Au risque de se noyer, quelques oiseaux passereaux s'ébrouaient violemment dans la purée boueuse, à la frange glauque du fleuve. Au loin, un petit de chien sauvage égaré dans les herbes grillées de soleil hurlait, la gorge sèche, la plainte infinie des agonies brûlantes. Au beau milieu du fleuve, totalement irréfutables, deux énormes hippopotames ne laissaient paraître aux regards que les masses immobiles de leurs dos gris jaunâtre au cuir craquelé de boues éparses et d'algues mortes. Seuls, paisibles au milieu de toute cette faune abrutie de torpeur torride, les deux balourds faisaient des bulles. Mais qu'on ne s'y trompe pas. L'hippopotame n'est pas un tas de lard essoufflé. L'hippopotame pense. L'hippopotame est intelligent. Et justement, tandis qu'un gros nuage porteur de pluies improbables venait ternir un instant l'éclat métallique de ce soleil d'enfer, l'un des deux mastodontes émergea soudain des eaux sombres son incroyable trogne mafflue de cheval bouffi. Ses immenses naseaux sans fond se mirent à frémir et à recracher des trombes d'eau dans un éternuement obscène et fracassant. Puis il se mit à bâiller. C'était un bâillement cérémonial, lent et majestueux, qui lui déchira la gueule en deux, aux limites de l'éclatement, en même temps qu'étincelait l'ivoire blanc de sa bouche béante et que montait aux nues son beuglement sauvage. Presque aussitôt, le second hippopotame, à son tour, sortit sa tête de l'eau en s'ébrouant frénétiquement. Puis les deux mastodontes se regardèrent longuement, à travers leurs longs cils nacrés. Alors, après avoir humé prudemment de droite et de gauche l'air saturé de chaleur électrique, le premier hippopotame dit à l'autre :

« C'est marrant. J'arrive pas à me faire à l'idée qu'on est déjà jeudi. »

Eh oui. Passe le temps et passent les semaines : les hippopotames ont le spleen. *Charlie Hebdo* est mort. Cavanna pointe au chômage. Les Russes arrivent et j'ai rien à me mettre. Ça va mal.

Donc Cavanna est coupable, mais son avocat vous en convaincra mieux que moi.

Cavanna : Le fondateur de *Hara-Kiri* est la preuve irréfutable que le génie français peut être incarné par un Rital possesseur d'une moustache à la gauloise.

Réquisitoire contre Jean-Marc Roberts

6 décembre 1982

Françaises, Français,
Belges, Belges,
Mon président mon chien,
Mon avocat ma chienne,
Mesdames et messieurs les jurés,
Public chéri, mon amour.
Bonjour ma colère, salut ma hargne, et mon courroux… coucou.

Jean-Marc Roberts, mesdames et messieurs les jurés, est né le 3 mai 1954. Cinq jours plus tard, c'était Diên Biên Phu ! Étonnant, non ?

Et qu'on ne vienne pas me dire qu'il n'y a pas de relation de cause à effet ! Dieu a oublié d'être con, sinon Il n'existerait pas, et s'Il a voulu, dans son infinie sagesse, que coïncidassent étrangement la venue au monde de ce scribouillard logorrhéique précoce et le plus grand désastre militaire français depuis Waterloo, ce n'est certainement pas par hasard. Et quand bien même ce serait par hasard, qui oserait nier ici que le hasard lui-même est une création de Dieu ?

Donc, Jean-Marc, mon lapin, vous avez perdu l'Indochine. Ce n'est pas très joli. Je ne vous félicite pas. D'autant que cette guerre d'Indochine fut une guerre sale et vulgaire, si l'on veut bien la comparer à la guerre de Troie, par exemple. Ah, la guerre de Troie !… C'est une guerre qui avait de la gueule. Imaginez les Troyens au Tonkin !… Eux s'y seraient pris autrement ! Imaginez un peu ce qu'aurait fait Ajax à mes niaquoués pour effacer toute trace de jaune !

De nombreux observateurs littéraires attentifs, aussitôt suivis par la horde moutonnière des broute-livres salonnards que hante sans trêve l'insupportable cauchemar de ne point être à la mode, ont tacitement décidé un jour que Jean-Marc Roberts était l'écrivain le plus doué de sa génération. Avec, à l'appui, force exclamations dithyrambiques sur son univers poético-bizarre et maintes comparaisons laudatives à l'œuvre de grands écrivains comme Patrick Modiano, l'inoubliable auteur de… L'inoubliable auteur.

Que Jean-Marc Roberts, mesdames et messieurs les jurés, soit l'écrivain le plus doué de sa génération, j'en suis personnellement convaincu. Et je ne doute pas qu'un jour la lecture de ses livres me confortera dans cette opinion. Mais sincèrement, je vous le demande, en votre putain d'âme de bordel de conscience, mesdames et messieurs les jurés, peut-on revendiquer comme un exploit le fait d'être le plus doué en écriture, dans cette génération post-soixante-huitarde de consternants tarés-z-analphabétiques, débordant d'inculture, que de soi-disant enseignants mongoloïdes, grabataires du cortex avant la quarantaine, continuent de mettre frileusement à l'abri du moindre effort de découverte pour ne pas leur perturber leur petit caca d'ego, avec ou sans trique, et ne point épuiser leur frêle intelligence – tendre chrysalide ! Je ne parle pas seulement des tout-petits auxquels on enseigne dès la maternelle que chaussure s'écrit avec les pieds, ni des lycéens dont l'essentiel du bagage culturel enveloppe toute l'époque littéraire allant de *Pif Gadget* n° 1 à *Pif Gadget* n° 38 et qui mettent deux « ailes » à Molière et aucune à Rimbaud, sordides crétins boutonneux boursouflés d'insignifiance ! Non, je parle aussi, et même et surtout, des étudiants en lettres, j'en connais, dans ma propre famille, y en a plein les coussins où ça se vautre d'ennui en se goudronnant le poumon fumeux face à la télé blafarde d'où suinte frénétiquement et inévitablement cette lugubre bouillie verbale de rock à la con écrite directement au balai de chiotte par des handicapés mentaux dont la poésie de fond de poubelle oscille périlleusement entre le bredouillis parkinsonien et la vomissure nauséeuse que viennent leur cracher à la gueule de faméliques débris humains de 20 ans, agonisants précoces, les cheveux et le foie teints en vert par les abus d'alcool et de fines herbes, le tout avec la bénédiction sordide d'une intelligentsia crapoteuse systématiquement transie d'admiration béate pour tout ce qui ressemble de près ou de loin à de la merde.

Voilà comme ils sont les étudiants en lettres de par chez moi : nantis, dorlotés, choyés, brossés, fringués, cirés, chouchoutés, argentés, motorisés, transportés en carrosse jusqu'au cœur même des bibliothèques, pour ne pas qu'ils usent leurs pauvres petites papattes fragiles de jeunes, et ne point perturber leur putain d'âme de jeunes qu'ont des problèmes de jeunes, merde quoi !

C'est le malaise des jeunes qui les opprime, ces poussins, c'est ça, c'est pas autre chose : c'est la faute au malaise des jeunes si après trois années de fac et sept ans de lycée ils croient encore que le Montherlant est un glacier alpin, Boris Vian un dissident soviétique et Sartre le chef-lieu de la rillette du Mans ! C'est la faute au malaise de la jeunesse si tous ces jeunes tordus séniles précoces n'ont retenu de Jules Renard que les initiales : J. R...

Alors, bien sûr, quand émerge de ce tas de minus avachis un seigneur de la trempe de celui-ci, il n'a guère à craindre de la concurrence. Et pendant ce temps-là, pendant que vous vivotiez votre vie creuse, fumiers de fainéants de gosses de riches de merde, pourris par la servilité sans bornes de vos vieux cons de parents confits dans leur abrutissement cholestérique, pendant ce temps-là, il y a des enfants de pauvres de 15 ans qui sont obligés, pour pas faire de peine à maman, de se planquer la nuit sous leurs couvertures avec une pile Wonder et un vieux Petit Larousse périmé pour s'embellir l'âme et l'esprit entre deux journées d'usine, avec l'espoir au ventre de mieux comprendre un jour, pour tâcher de se sortir du trou. Des gens comme ça, ça existe. J'en connais.

Donc Jean-Marc Roberts est coupable, mais avant de céder la place à la traditionnelle minute d'expression corporelle ibérique, je ne résisterai pas à la tentation de conclure mon exposé littéraire de ce jour par la lecture d'un extrait d'un ouvrage contemporain impérissable et assez révélateur de la verve épique du style des jeunes auteurs modernes. Le livre s'appelle *Entre le Ciel et l'Enfer*, et l'auteur Julio Iglesias. Si j'en juge par le style très « in », il est permis de penser que l'auteur a pu se faire aider dans la transcription de ses souvenirs par un étudiant, voire même un professeur de lettres français. Je signale aux auditeurs que je fais actuellement circuler parmi le jury des photocopies de l'extrait que je vais lire, afin que nul ne puisse m'accuser de déposer des virgules obscènes le long de ce texte superbe… C'est la page 195, le chapitre intitulé : « Le pan de ma chemise qui dépassait ». Après avoir raconté dans le chapitre précédent la couleur de ses chaussures, l'auteur nous révèle maintenant que, chaque matin, il s'habille :

« Je m'habille sans me regarder dans la glace, je ne le fais qu'à la fin. Je passe d'abord ma chemise que je boutonne de haut en bas, puis mon pantalon. Rien ne vaut les chaussettes blanches de tennis, mais je ne peux tout de même pas les porter en scène, alors je mets des chaussettes de soie noire. Je ne porte pas de ceinture, je n'en ai pas besoin. J'ajuste mon pantalon avec ma chemise par-dessus. C'est ainsi que je me peigne. Je sais que je ne dois pas rentrer tout de suite ma chemise dans mon pantalon, c'est pourquoi je la laisse dépasser le temps de mettre ma cravate. Je porte des cravates toutes simples, de couleur sombre, unies, en soie. Mon pantalon est une sorte de seconde peau que je dois enfiler. C'est là le point commun avec les toreros. J'ai comme eux besoin d'aide. Il faut en effet que je tortille, qu'on tire sur le pantalon jusqu'à ce qu'il colle à moi comme une seconde peau. Je mets également mon gilet en le boutonnant lentement et j'ai besoin qu'il me fasse un peu mal et qu'il me serre. Toutes ces petites choses sont importantes pour moi. Elles me rendent plus fort, me soutiennent sur scène. On dit que je dois une partie de mon succès à mes gilets. Je crois que c'est tout simplement parce que j'ai porté des gilets à une époque où on les considérait comme un vêtement démodé et où les jeunes portaient les cheveux longs et des jeans.

» Je m'habille ainsi depuis l'âge de vingt ans. Il n'y a pas d'affectation dans ma tenue vestimentaire. Lorsque, habillé, je me regarde dans la glace, généralement de profil, il m'arrive parfois de pousser un grand cri de satisfaction : Ahhhhhhhhh ! »

Donc Jean-Marc Roberts est coupable, mais son avocat vous en convaincra mieux que moi.

Jean-Marc Roberts : Journaliste, romancier, éditeur, il a commencé à écrire à 17 ans et refuse de s'arrêter de peur de ne pas pouvoir continuer. On s'en fout.

Réquisitoire contre René Barjavel

9 décembre 1982

Françaises, Français,
Belges, Belges,
Morvandelles, morvandaux,
Mortadelles, mortandeaux, barjavelles, barjavots,
Mon président mon chien,
Maître ou ne pas mettre,
Public chéri, mon amour.
Bonjour ma colère, salut ma hargne, et mon courroux…
coucou.

Avant de justifier mes appointements en accablant
sans pitié ce septuagénaire qui ne m'a rien fait, je voudrais rappeler à la cour que la présence cette semaine
de monsieur Barjavel dans ce tribunal n'est pas l'effet
du hasard, puisque cette semaine est la semaine des
Vieux. Pourquoi pas l'année des Vieux, direz-vous, eh
bien, parce qu'une année, à cet âge-là, c'est long. Afin
de vous rendre hommage, monsieur Barjavel, et par le
même coup de saluer bien chaleureusement les milliers d'autres gâteux semi-grabataires qui nous écoutent tant bien que mal sous l'ensablement irréversible
de leurs portugaises fripées, je pense que le moment
est bien choisi pour renouveler ici mes conseils aux
Vieux pour bien vieillir sans déranger les jeunes.

C'est un problème que j'ai déjà abordé dans un livre bouleversant et que j'ai également soulevé sous une autre forme ici, il y a un peu plus d'un an, mais un an, je le répète c'est loin, et tout laisse à penser que, depuis un an, le cheptel, pour employer une de ces images poétiques chères à ce siècle informatico-trou-ducutal, le cheptel des Vieux s'est renouvelé.

Alors qu'est-ce que vieillir ?

Comme le disait si judicieusement le général de Gaulle peu de temps avant de couler : « La vieillesse est un naufrage. »

Oui, hélas, la vieillesse est un naufrage, et nous sommes tous sur le même bateau, mes frères. Et nous voguons insouciants, jusqu'au jour où le miroir nous renvoie les premiers signes avant-coureurs de la dégradation du temps, à moins que nous ne préférions les découvrir d'abord chez les autres : un jour, comme ça, par hasard, on voit Guy Béart chanter en duo avec Jeanne Moreau à la télévision, et tout à coup on se demande lequel est le grand-père de l'autre…

Vieillir… « Mourir, la belle affaire, mais vieillir ! » soupirait le chanteur éclatant qui mourut jeune. Certes, il est pénible de vieillir, mais il est important de vieillir bien, c'est-à-dire sans emmerder les jeunes. C'est une simple question de bonne éducation.

Même Diogène en son temps l'avait déjà compris, qui eut le bon goût de mourir au fond d'un tonneau, dans le seul but de ne pas déranger ses enfants légiti-mement gérontophobes. Car la jeunesse est le levain de l'humanité. Elle a besoin de dormir dans le calme, loin des insupportables gémissements des grabataires arthritiques égocentriques qui profitent de leur oisi-veté pour agoniser tambour battant, même la nuit, alors que, nous le savons, il est strictement interdit de mourir bruyamment après vingt-deux heures.

Vieux parents, vous tous qui déclinez en parasites, accrochés à vos familles, vieux oncles, vieilles tantes, si vous voulez bien vous donner la peine de respecter les simples conseils qui vont suivre, vous saurez alors comment vous éteindre sans bruit, comme un réfrigérateur qui cesse de trembloter quand on le débranche, et vos chers enfants émus pourront vous rendre ainsi l'ultime hommage posthume : « Tiens, le chat n'est plus sur Mémé ! C'est sans doute qu'elle est froide. »

Tout d'abord, pour vieillir discrètement sans gêner les jeunes, persuadez-vous une bonne fois pour toutes que les vieux, sans être à proprement parler des sous-hommes, constituent humainement et économiquement la frange la moins intéressante d'une population.

Pourquoi croyez-vous que les gouvernements ne se préoccupent de réajuster le minimum vieillesse qu'à la veille des élections ? Vous devez bien comprendre que les problèmes inhérents à vos vieux os cliquetants sont nettement moins préoccupants que, par exemple, la très douloureuse et très angoissante question de la vignette moto qui bouleversa naguère toute une partie de notre belle jeunesse bourrée d'idéal vroum-vroum. Un vieux peut vivre avec cinq cents calories. Un jeune ne peut pas vivre sans 500 Kawasaki.

Donc, chers vieux, chères vieilles, pendant que vous vous tassez doucement, profitez-en pour vous écraser mollement.

Chez vos enfants, sachez cacher habilement votre décrépitude. N'oubliez jamais que votre détresse humaine est légèrement ennuyeuse pour votre entourage. Certes, les chiffres des instituts nationaux de statistiques nous disent que le nombre de dépressions nerveuses est fort élevé chez les vieillards. Certains même, dit-on, auraient peur de mourir ! À leur âge ! Laissez-moi rire ! Un peu de décence, tout de même ! Le stress et le mal de vivre, c'est comme le jean et le disco : chez un vieux, c'est grotesque. Laissez cela aux jeunes, voyons ! Allons !

En toutes circonstances, effacez-vous, gémissez doucement, claudiquez sans à-coups, emmitouflez vos vieux os, gantez vos arthrites métacarpiennes disgracieuses, étouffez vos tristes toux matinales, minimisez vos cancers. Si votre petit-fils vous demande : « Qu'est-ce que t'as là, grand-mère ? » Ne dites pas : « C'est un cancer récidiviste qui me ressort par le genou. » Dites : « Ça, c'est la grosse bouboule sur la papatte à Mémé ! oh ! La grosse bouboule ! Aguiliguili la bouboulsulapatamémé ! » De la même façon, si vous piquez, n'embrassez pas les nouveau-nés dans leur berceau. Une simple poignée de main suffira largement. À table, broutez sobrement, sans forcer sur les protides qui sont hors de prix. Si vous êtes parkinsonien, molletonnez votre assiette pour l'insonoriser ! Mieux : mangez sur du polystyrène avec une fourchette en skaï, pour picorer les brisures de riz, c'est bien suffisant.

N'abusez pas du tilleul, qui est hors de prix, surtout sucré !

Ne soyez pas un poids mort pour vos chers enfants. Rendez-vous utile dans la maison. Pourquoi ne profiteriez-vous pas de vos insomnies pour rentrer le charbon ? Ou pour repeindre gaiement votre chambre qui sera bientôt transformée en salle de jeux quand vous ne serez plus là ? Si vous tremblez, ne faites pas la vaisselle, faites les cuivres. Branlez le caniche ! Ou encore… que sais-je… mettez au point un numéro de maracas ou de castagnettes, qui vous permettra de faire une apparition remarquée à la fin des repas de famille. Quand votre fille reçoit, déguisez-vous en bonne à tout faire et servez à table. Répondez au téléphone en imitant l'accent espagnol, ou mieux l'accent anglais.

Si vous dormez dans la chambre contiguë à celle de vos chers enfants, amusez-vous à ronfler bruyamment : c'est un exercice qui égayera vos insipides insomnies tout en permettant à vos chers enfants de faire l'amour en poussant des cris stridents sans appréhender que vous les entendiez. Les chers enfants ont leur pudeur, que diable !

Enfin, si vous n'êtes pas trop moche, offrez votre corps à la science pour éviter les frais d'enterrement. Et surtout, dès que vous sentirez venir la mort, ôtez vos dents en or. C'est une simple question de délicatesse.

Donc Barjavel est coupable, mais son avocat vous en convaincra mieux que moi.

René Barjavel : Ce romancier catho-prolifique est un peu oublié aujourd'hui. Parmi ses œuvres, on retiendra tout de même « Brigitte Bardot, amie des animaux » qui vaut son pesant de graisse de bébé phoque bien dodu.

Réquisitoire contre Jean-François Kahn

10 décembre 1982

Françaises, Français,
Belges, Belges,
Canards, canettes, canetons, canes,
Mont Saint-Michel,
Monsieur l'avocat le plus bas d'Inter,
Mesdames et messieurs les jurés,
Public chéri, mon amour.
Bonjour ma colère, salut ma hargne, et mon courroux…
coucou.

« Spiritus promptus est, caro autem infirma », dit le Christ au mont des Oliviers. C'est vrai que la chair est faible. Cette nuit j'ai fait-T-un rêve (et non pas Z-un rêve comme j'ai dit ici même l'autre jour, ce qui m'a valu un abondant courrier de ma mère qui m'a élevé dans la crainte de Dieu et le respect de la langue française, ce dont je la remercie ici publiquement. Merci maman). J'ai fait-t-un rêve étrange et pénétrant par là. J'ai rêvé de Bernadette Lafont. C'est pourquoi aujourd'hui j'ai du mal à me concentrer sur Jean-François Kahn.

Il m'est extrêmement pénible d'évoquer Bernadette Lafont, même petite fille, sans me sentir confusément coupable de tentative de détournement de mineure.

Féminin moi-même au point de préférer faire la cuisine à la guerre, on ne saurait me taxer d'antiféminisme primaire. Je le jure, pour moi, la femme est beaucoup plus qu'un objet sexuel. Bernadette Lafont est beaucoup plus qu'un objet sexuel. C'est un être pensant comme Jean-François Kahn ou moi, surtout moi.

Pourtant, Dieu me tripote, quand j'évoque Bernadette Lafont, je n'arrive pas à penser à la forme de son cerveau. J'essaye, je tente éperdument d'élever mon esprit vers de plus nobles valeurs, j'essaye de calmer mes ardeurs sexuelles en imaginant Marguerite Yourcenar en porte-jarretelles ou Claude Villers en tutu, mais non, hélas, rien n'y fait. Et c'est ainsi depuis le jour maudit où, séchant les Jeunesses musicales de France pour aller voir *Le Beau Serge*, cette femme, cette femme qui était là encore cette nuit, dans mon rêve, assise triomphante de sensualité épanouie, délicatement posée sur sa sensualité endormie, cette femme à côté de qui la Vénus de Milo a l'air d'un boudin grec, cette femme a posé sans le savoir dans mon cœur meurtri l'aiguillon mortel d'un amour impossible que rien, rien au monde, ne parviendra jamais à me faire oublier, pas même la relecture assidue de *Démocratie française* ou du Programme commun du gouvernement de la gauche, rien au monde ne pourra jamais libérer mon esprit prisonnier de vos charmes inouïs, madame : vos yeux étranges et malicieux, où je m'enfonce comme en un bain de champagne incroyablement pétillant ! Votre poitrine amplement arrogante, véritable insulte à l'usage du lait en poudre ! Votre dos, « votre dos qui perd son nom avec si bonne grâce qu'on ne peut s'empêcher de lui donner raison », c'est une image superbe inventée par monsieur Brassens qui n'eut d'ailleurs toute sa vie que des bonnes idées, sauf celle d'être mort avant Julio Iglesias.

De là à affirmer que Jean-François Kahn est coupable, il n'y a qu'un pas. Oserai-je le franchir ? Je vais me gêner.

À mon avis, et mon avis est généralement l'avis auquel j'ai naturellement le plus volontiers tendance à me référer quand il m'arrive de vouloir objectivement savoir vraiment ce que je pense, à mon avis Jean-François Kahn est l'un des plus grands journalistes humanistes chauves de ce siècle à la con où tout va de mal en pis depuis que Grace Kelly et Leonid Brejnev ne sont plus là pour nous guider vers les chemins du bonheur terrestre grâce à la haute tenue morale de leur politique expansionniste ou d'opérette.

Je prie la cour de bien vouloir me pardonner ce rappel un peu morbide des deux grands disparus de l'année 82, mais la mort restant la seule certitude tangible aux yeux des sceptiques incapables de trouver Dieu, et j'en suis, Dieu me crapahute, comment diable eussiez-vous voulu qu'elle ne me perturbasse point ? Quand je parle de madame Kelly et de monsieur Brejnev en leur décernant le titre de grands disparus 1982, il va de soi que je ne cherche point à vexer Mendès France, que je mettrais volontiers dans le peloton de tête du hit-parade des cimetières 82, mais ce qui m'a frappé chez les deux précédents, c'est qu'on nous a montré leurs cadavres à la télévision, fugaces images d'éternité tranquille entre les cours de la Bourse et la pub pour effacer les rides... Elle, la princesse, doucement couchée sur un lit de satin blanc, m'apparut désespérément belle, élégante et racée, figée dans sa beauté au bois dormant. Brejnev, en revanche, outrageusement cerné de feuillages épars et d'une débauche florale inouïe sur son lit de mort écarlate, m'émut beaucoup moins. Quelle dérision, la vie, mes bien chers frères. Avoir été si longtemps l'homme le plus effroyablement puissant et redouté du monde, et finir ainsi, noyé dans ce décor mortuaire de parade, hier encore debout, premier secrétaire du parti communiste de l'Union soviétique, et aujourd'hui, couché dans sa boîte, comme un thon à l'huile au milieu d'une salade niçoise.

Rude année que cette année-ci, nom de Dieu. C'est pas pour me vanter, mais une chose est certaine : 1982 aura été une bien meilleure année pour le bordeaux que pour Patrick Dewaere.

Enfin, on peut toujours se consoler en se disant que de toute façon, compte tenu de l'exorbitance coutumière de ses cachets, on n'aurait jamais vu Romy Schneider dans un film de Jacques Tati...

Ah, au fait, les argentiers, les producteurs, c'est à vous que je parle, vous qui geignez à fendre l'âme sur le grand désert de la pensée comique cinématographique française, vous l'avez bien laissé crever, Tati.

Je ne dis pas qu'il ne s'était pas planté dans son dernier long métrage. Mais Chaplin aussi s'est ramassé quelquefois (voir *Monsieur Verdoux*). Tati, c'était quand même notre grand bonhomme et vous l'avez regardé crever sans rien dire depuis quinze ans, vous les requins sous-doués qui nous faites ramer les zygomatiques de film en film avec vos consternantes bidasseries franchouillardes de merde pour hypo-crétins demeurés, au quotient intellectuel si bas qu'il fait l'humilité, avec un « Ciel, mon mari » si con qu'il faut lui pardonner, avec la Mère Denis pour dernier terrain vague, je dérape, je dérape…

Ah, Français, Françaises, Jean-François, mon bijou, quelle connerie la mort, Barbara. Ah, je sais, je sais, je sais ce qu'il nous faudrait pour arrêter la mort en temps de paix, ce qu'il nous faudrait c'est une bonne guerre. Boum. Tacatacatacatac. Damned, je suis fait… Aaaah, Johnny, si tu te tires de ce merdier, aaaah, si tu rentres au pays, dis à ma femme que… que… que… Aaaah… Ça, c'est un bon film ! J'aurais bien aimé être reporter de guerre.

(Prendre micro main.)
REPORTER : Allô ? Allô ? z-enfants de la patrie ? Bonjour ! Ici, Pierre Desproges. À l'heure où je vous parle, le jour de gloire est arrivé et l'étendard sanglant de la tyrannie est… Ah, je pense que nous ne sommes pas en mesure de vous montrer l'étendard sanglant de la tyrannie… Ah, voici. Il est levé contre nous.

LUIS : Meuh !

REPORTER : Je pense que vous entendez comme moi dans nos campagnes mugir ces féroces soldats. Monsieur, vous êtes petit exploitant agricole et apparemment vous êtes mécontent ?

LUIS-PAYSAN : C'est-à-dire que, voyez-vous, ils viennent jusque dans nos bras, n'est-ce pas.

REPORTER : Oui, et qu'est-ce qu'ils font, jusque dans vos bras ?

LUIS-PAYSAN : Eh bien, comme vous voyez, ils égorgent nos filles et nos compagnes. Et le gouvernement ne fait rien.

REPORTER : Que préconiseriez-vous, monsieur ?

LUIS-PAYSAN : Écoutez, je pense que ce serait une bonne chose de former nos bataillons et de faire couler un sang impur.

REPORTER : Faire couler un sang impur, cela ne présente pas un danger de pollution ?

LUIS-PAYSAN : Pensez-vous ! C'est très bon pour abreuver nos sillons.

PIERRE *(chantant)* : C'est bon pour ses sillons !

Donc Jean-François Kahn est coupable, mais son avocat vous en convaincra mieux que moi.

Jean-François Kahn : Ce polémiste homologué est, comme Victor Hugo, son modèle, d'un égoïsme forcené maquillé en admirable altruisme. Il considère les publications qu'il dirige comme des journaux intimes et supporte mal d'y voir figurer d'autres articles que les siens.

Réquisitoire contre Siné

13 décembre 1982

Françaises, Français,
Belges, Belges,
Bougnoules, bougnoules,
Fascistes de droite, fascistes de gauche,
Mon président mon chien,
Monsieur l'avocat le plus bas d'Inter,
Mesdames et messieurs les jurés,
Public chéri, mon amour.
Bonjour ma colère, salut ma hargne, et mon courroux…
coucou.

L'homme qui stagne aujourd'hui sur ce banc de l'infamie où le cul du gratin s'écrasa avant le sien, cet
homme, mesdames et messieurs les jurés, ce morne
quinquagénaire gorgé de vin rouge et boursouflé
d'idées reçues, présente à nos yeux blasés qui en ont
tant vu qu'ils sont devenus gris la particularité singulière, bonjour les pléonasmes, d'être le seul gauchiste
d'extrême droite de France. Xénophobe même avec
les étrangers, re-bonjour, masquant tant bien que mal
un antisémitisme de garçon de bain poujadiste sous le
masque ambigu de l'anti-sionisme pro-palestinien,
misogyne jusqu'à souffler dans sa femme pour économiser sa poupée gonflable, pardon Catherine, plus pri-

maire encore dans son anticommunisme que les asticots moscovites présentement occupés à bouffer Brejnev de l'intérieur, Siné, la baguette sous le bras et le béret sur la tête comme un Guevara de gouttière, va sa vie à petits pas, tel un super-Dupont mou, plongeant mollement dans le fluide glacé de son troisième âge. Longtemps Siné rama. Pour survivre dans sa jeunesse il alla jusqu'à faire où on lui disait de faire, c'est-à-dire dans *France Dimanche*, entre les étrons mongoloïdes de Bellus et les fientes crétino-phallocratiques de Kiraz, le garçon coiffeur gominé de l'humour en gourmette.

Puis il eut le culot de fonder *Siné Massacre* et d'y fustiger sans retenue l'Église et l'Armée, en pleine monarchie gaulliste post-algérienne et de droit divin. Il fallait remonter à *L'Assiette au beurre* pour retrouver tant de violence dans la verve assassine. Hélas, hélas, hélas, vingt ans plus tard, comme les imbéciles et les morts, Siné n'a toujours pas changé d'opinions. Tel Tino Rossi pétrifié dans le Marinella roucoulophonique depuis les accords de Munich, Siné s'est figé depuis deux décennies dans les mêmes petits clichés franchouillards de gauche où s'enlisent encore les laïcs hystériques de l'entre-deux-guerres et les bigots soixante-huitards sclérosés que leur presbytie du cortex pousse à croire, contre vents et marées, que *Le Canard enchaîné* est toujours un journal anarchiste, et le gauchisme encore une impertinence.

En 1963, Siné imitait le corbeau, à l'envol de la moindre soutane. Vingt ans plus tard, Siné continue d'imiter le corbeau à la sortie des presbytères, mais les curés ne portent plus de soutane, et qui c'est qu'a l'air d'un con à faire croa-croa au passage d'un bodygraph ?

La constante dans l'œuvre de Siné, mesdames et messieurs les jurés, c'est que cet homme ne connaît pas le doute. De même que Michel Jobert, pauvre puce ministrable, sait que les Français n'ont pas besoin de magnétoscope, Siné sait que les curés sont tous des salauds. Siné sait que les riches sont tous méchants et cons, et que les pauvres sont tous gentils, et cons. Grâce à quoi il peut se permettre de fourrer le moine Raspoutine et Mère Teresa dans le même sac à corbeaux, ou l'abbé Pierre et le curé d'Uruffe sous la même calotte, si j'ose m'exprimer ainsi.

En ce qui me concerne, mesdames et messieurs les jurés, et ce qui me concerne me passionne autant que m'indiffère ce qui vous concerne, c'est vous dire, en ce qui me concerne, j'ai toujours été fasciné par les détenteurs de vérité qui, débarrassés du doute, peuvent se permettre de se jeter tête baissée dans tous les combats que leur dicte la tranquille assurance de leur certitude aveugle. Non voyante, devrais-je dire. Pardon aux obturés du globe.

Malheureusement, j'ai le regret d'avoir à vous le dire, monsieur Siné, mais cette vertu sereine d'où se dresse quiconque croit détenir LA vérité, cette mâle assurance qui distingue le fort du faible, la bête humaine du Pierrot sentimental et, en un mot, l'homme de l'enfant, cette vertu n'existe pleinement à l'état fonctionnel que chez une seule catégorie d'êtres humains chez qui on l'exige avant de leur confier nos vies et nos frontières, et ces êtres humains, ce sont les militaires. Vous êtes un militaire, Siné. Vous êtes un sergent. Vous connaissez l'ennemi, tacatacatac, qu'on vous file un tromblon à la place de votre feutre à Mickeys, et tacatacatac, vous allez tuer, détruire, écharper.

Vous êtes de ces pacifistes bardés de grenades et de bons sentiments prêts à éventrer quiconque n'est pas pour la non-violence.

Que vous le vouliez ou non, quelque chose en vous évoque ces bigots du manichéisme pour qui la guerre de 14-18, c'est la guerre entre les méchants Allemands et les gentils Français. Et non pas, comme l'a dit l'autre jour un petit garçon de 10 ans, dans l'émission de Michel Polac où vous graffitez chaque semaine : « La guerre de 14-18, c'est la guerre contre les Allemands et les Français. »

Ah, Dieu me crapahute, que la vie serait plus belle si tout le monde doutait de tout, si personne n'était sûr de rien. On pourrait supprimer du dictionnaire les trois quarts des noms en « iste », fasciste et communiste, monarchiste et gauchiste, khomeyniste et papiste, et les porte-drapeaux de leurs croisades de merde : Mussolini, Lénine, Andropov et Pinochet, la faucille et le goupillon… plus d'idéaux, et c'est la fin des guerres. Qu'est-ce qu'on demande de plus, pour tuer le temps en attendant la mort : plus de guerre, de l'amour, du saint-émilion pour tout le monde, plus de guerre, des fleurs, du champagne pour les pauvres et des enfants qui chantent, de la musique, plus de guerre, des crépuscules sereins, des nuits blanches et des porte-jarretelles noirs et plus de guerre.

N'oublions jamais, mes frères, les dernières paroles du Christ en croix, alors que la colère du Père soufflait sur le Golgotha : « Froid, moi ? Jamais… »

Enfin, je ne voudrais pas céder la place à la traditionnelle minute d'expression corporelle ibérique des ballets de Lisbonne sans accabler l'accusé Siné pour sa tentative de ravalement du calembour au rang de

borborygme pétomaniaque pour demeurés aéro-
phages. Je pense notamment à votre antédiluvienne
série sur les chats à tiroir dans laquelle les jeux de
mots crapuleux s'enchevêtrent les uns dans les autres
avec autant de finesse et d'élégance que les frères et
les sœurs Tuyau de poêle sur les fresques obscènes
des salles de garde de Lascaux. Et les femmes que
vous salissez, comment n'en point rougir en ces lieux
où jamais nul ne dit bite ou couille.

À propos de tuyau de poêle et de toile à matelas, une
auditrice de Lourdes, Mme Sophie Trébuchard, 69,
impasse de l'Apparition, m'écrit en son nom person-
nel et au nom de plusieurs dizaines de paroissiens de
sa commune qui assistaient à la corrida de la Saint-
Soubirou, le jour où nous avons expliqué ici la quatorzième position du *Kama Sutra*. Le texte explicatif
de cette quatorzième position peut être mis à votre
disposition, madame, sur simple demande écrite à
Monsieur Jean-Noël Jeanneney, PDG, Radio France,
116, quai Kennedy, Paris 16e.

Mais sans plus attendre, voici pour finir la quin-
zième position du *Kama Sutra*, qui offre l'avantage de
pouvoir être pratiquée à plusieurs, comme nous allons
vous le démontrer maintenant. Bon. Tout le monde est
prêt ? Alors allons-y.

PIERRE : Alors ça, ici, n'est-ce pas, et ça, là, voyez-
vous ?
TOUS : Comme ça ?
PIERRE : Non, non. Pas comme ça. Comme ça. Et ça,
là. Non, là.
TOUS : Comme ça ?
PIERRE : Euh… ça, oui, mais là, non, comme ça.

Tous : Comme ça ?

Pierre : Ah oui ! Ah oui ! C'est très bien. Ah oui, c'est très très bien.

Tous : En effet. C'est épatant. Ah oui ! Ah, mais oui ! C'est vraiment épatant. Merci, mon cher Pierre. C'est épatant.

Lors d'une prochaine audience nous étudierons ensemble la dix-septième position.

Donc Siné est coupable, mais son avocat vous en convaincra mieux que moi.

Siné : Ce dessinateur haineux, raciste et borné a foutu des boutons de rage à plusieurs générations de bien-pensants. Qu'il en soit ici remercié et qu'il crève.

Réquisitoire contre Paul Quilès

14 décembre 1982

Françaises, Français,
Quilaises, quilais,
Socialistes, socialistes,
Mon président mon chien,
Monsieur l'avocat le plus bas d'Inter,
Mesdames et messieurs les jurés,
Public chéri, mon amour.
Bonjour ma colère, salut ma hargne, et mon courroux…
coucou.

L'homme – je devrais dire la bête humaine – qui se présente aujourd'hui à nos yeux exorbités par l'horreur indicible de ses traits grotesques et la veulerie fangeuse de son regard déviationniste aux prunelles d'acier gorgées de haine antibourgeoise, cet homme, mesdames et messieurs, n'est pas un être normal au sens étymologique du mot : cet homme est de gauche. Il appartient à la gauche dure : c'est-à-dire que, s'il ne se dominait pas, il serait encore plus à gauche que, par exemple, François Mitterrand. Or, être plus à gauche que François Mitterrand, c'est fou. Ça ne se peut pas. On ne peut pas être plus à gauche que Mitterrand, de même qu'on ne peut pas être plus rocker que Tino Rossi. Il faut pas déconner. Mais trêve de billevesées, élevons le débat. Je ne sais pas qui est le con antique qui a inventé le mot « billevesée » mais je crois vraiment que c'est le mot le plus laid de la langue française. « Billevesée ». Quand on le prononce, on a l'impression de vomir un yaourt Yopla avec des vrais morceaux de nouilles entières dedans. « Billevesée ». Mais qu'attendent les quarante badernes semi-grabataires du quai Conti pour ôter ce mot ordurier du dictionnaire ? Vous m'entendez, les papys verts ? Vous ne pourriez pas faire un effort et nous ôter des oreilles et de la bouche des termes aussi crapuleux que « billevesée », au lieu de rester assis sur vos vieux testicules taris en vous demandant s'il faut mettre ou ne pas mettre « couille » dans le dictionnaire ? Trêve de billevesées. Élevons le débat.

Je ne sais pas si vous l'avez remarqué, mesdames et messieurs les jurés, mais il existe une face cachée des hommes politiques que très peu de journalistes osent aborder. Et c'est dommage. En effet, à l'instar du président de tribunal ou du ragondin musqué des marais poitevins, l'homme politique, qu'il soit de droite, de gauche, du centre ou même de la Garenne-Bezons, l'homme politique, dis-je, est un mammifère vivipare. Je sais. C'est à peine croyable, quand on voit un député, un sénateur, un ministre ou un président de la République s'exprimer devant un micro, d'imaginer que là, à portée de main, à cinquante centimètres en dessous de son nœud... de cravate (cinquante millimètres si c'est Jobert), il y a une zigounette avec ses deux petites baballes. C'est inouï ! C'est fou ! C'est incroyable mais... vrai, comme dit mon beau-frère, celui qui a été trépané, c'est fascinant, de savoir que des gens éminemment préoccupés du sort de la France et des Françaises et des Français, des gens dont l'œil grave et la démarche austère qu'ils ont pour gravir les marches de l'Élysée nous révèlent à l'évidence l'abnégation, le courage et la volonté qu'ils mettent à poursuivre le combat pour le mieux-être de l'humanité et l'agrandissement de leur gentilhommière, c'est dingue de penser que ces grands serviteurs de l'État sont des mammifères vivipares et qu'ils se reproduisent comme Rego ou Rantanplan, en s'agitant frénétiquement sur une créature du sexe opposé, entre un petit déjeuner avec Arafat et un dépôt de gerbe sous l'Arc de Triomphe à Napo. Personnellement, j'ai beaucoup de mal à m'y faire. Tout petit, déjà, rien que de penser que de Gaulle était allé faire caca juste avant l'appel du 18 juin, ça me rendait malade.

Continuons d'élever le débat, car nous stagnons, Dieu me tripote, merci mon Dieu.

Eh bien, mes chers élèves, je continuerai, si vous le voulez bien, mon cours d'anatomie-biologie appliqué aux sciences politiques par un exemple qui vous montrera clairement que le politicien moyen se reproduit grosso modo comme l'homme, c'est-à-dire en mettant sa petite graine dans la maman après avoir observé deux papillons.

Cependant (et même si ça ne pend pas), quelques différences minimes mais fort caractéristiques peuvent indiquer clairement au praticien averti, témoin d'un accouplement entre un homme et une femme, s'il s'agit ou bien de l'accouplement d'un homme politique ou bien de l'accouplement de toute autre espèce d'imbécile.

Un petit dessin valant bien mieux qu'un long discours, comme le dit l'expression populaire, qui ne se trompe jamais, surtout en régime socialiste où le peuple est considéré comme beau et intelligent par décret ministériel, un petit dessin valant bien mieux qu'un long discours, mes bien chers élèves, mon estimé confrère le docteur Rego, de la faculté de moruculture de Lisbonne, et moi-même, allons maintenant soumettre à votre jugement le résultat de dix ans de travaux pratiques sur le mode de vie copulatoire de l'homme politique. Ces expériences tiennent pour l'essentiel en deux enregistrements que nous allons maintenant vous faire entendre.

Cependant, devant la cruauté terrible de certaines images sonores, nous demandons instamment aux personnes sensibles, ainsi qu'aux bigotes du CERES ou de Saint-Honoré-d'Eylau, de bien vouloir éteindre leur transistor ou de tourner le bouton pour écouter Pierre Bellemare qui vous propose une question concernant les petits dessous de la vie architecturale luxembourgeoise : « Quel est le surnom familier que la famille de Luxembourg a donné à l'archiduchesse Charlotte. Chachar ? Lolotte ? Foufounette ? Sautopaf ? Vous avez trente secondes. »

Ces deux enregistrements ont été effectués pendant l'acte sexuel des personnes concernées, en présence de maître Lesage, huissier, qui n'arrêtait pas de se bran… brancher sur les écouteurs afin de n'en point perdre une goutte… une miette ! Voici le premier enregistrement, qui en dit long sur le mode de vie copulatoire de l'homme normal :

PIERRE : Alors ça là, n'est-ce pas, et ça là.
LUIS : Comme ça ?
PIERRE : Non. Comme ça. Ça là, n'est-ce pas.

LUIS : Comme ça ?
PIERRE : Oui, là c'est bien. C'est très bien. C'est très
très bien.
LUIS : En effet, c'est épatant. Ah oui, c'est épatant
mon amour. C'est vraiment épatant, dois-je dire.
Vraiment. Merci infiniment. Épatant.

Voici maintenant le second enregistrement. L'une des
deux personnes enregistrées est un personnage politique français éminemment connu, c'est pourquoi nous
avons volontairement transformé sa voix électro,
niquement. Écoutez bien la différence entre cet enregistrement et le précédent : « Felix qui potuit rerum
cognoscere causas » (Heureux celui qui a pu pénétrer
les causes secrètes des choses).

PIERRE : Alors ça là, n'est-ce pas, et ça là.
LUIS : Comme ça ?
PIERRE : Non. Comme ça. Ça là, n'est-ce pas.
LUIS : Comme ça ?
PIERRE : Oui, là c'est bien. C'est très bien. C'est très
très bien.
LUIS : En effet, c'est épatant. Ah oui, c'est épatant.
C'est vraiment épatant, camarade. Il faut que les tra-
vailleurs le sachent.

Donc Paul Quilès est coupable, mais son avocat
vous en convaincra mieux que moi.

Paul Quilès : Cet apparatchik grisâtre, ex-coupeur de
têtes du PS et ministre de la Défense de Mitterrand,
s'est composé une dégaine de hussard qui ne trompe-
rait que son cheval s'il savait monter.

Réquisitoire contre William Sheller

17 décembre 1982

Françaises, Français,
Belges, Belges,
Mon président mon chien,
Monsieur l'avocat le plus bas d'Inter,
Mon petit William chéri,
Mesdames et messieurs les jurés,
Public chéri, mon amour.
Bonjour ma colère, salut ma hargne, et mon courroux...
coucou.

Donc William Sheller est coupable. Mais Nicolas veut pas qu'on l'embête ? Bon. Qu'on l'acquitte, merde, c'est Noël. Pax omnibous allaré dotobous ! Alléluia ! Mes frères ! Jésus-z-est né ! Gloria in excelsis Déo, repasse-moi du boudin blanc ! Redonne-moi le caviar : une cuillerée pour le tiers-monde, une cuillerée pour Mère Teresa. Joyeux Noël à tous !

Trêve de cynisme facile. Noël, c'est la fête des petits et des grands. Alors sourions. Je vais vous raconter le véritable conte de Noël que j'ai vécu hier. Vous allez rire : j'ai rencontré la Mort.

Si je vous dis où, vous n'allez pas me croire. J'ai rencontré la Mort à l'angle du boulevard Sébastopol et de la rue Blondel. Je le signale à l'attention des ploucs de

la France profonde et de la fraction dure des sémina-
ristes intégristes ligaturés de la trompe, la rue Blondel
est ce qu'il est convenu d'appeler une rue chaude. Elle
fut d'ailleurs baptisée ainsi en hommage au sergent
Blondel qui y fit retraite à son retour des Indes à la fin
du siècle dernier, après dix ans de bons et loyaux ser-
vices dans les chaudes-lanciers du Bengale.

« Tu viens chéri ? » me dit la Mort.

C'était une voix presque inhumaine à force de
beauté, une voix aspirante, la même sans doute qui
faillit perdre Ulysse. Je freinai pile des deux pieds et
me tournai vers elle. Alalalala. Je me doutais bien que
la Mort était femelle, mais pas à ce point. Elle avait
mis ses cuissardes noires d'égoutier de l'enfer et son
corset des sombres dimanches d'où jaillissaient ses
seins livides et ronds comme l'Éternité. Son visage
d'albâtre maquillé d'écarlate irradiait de cet ultime
état de grâce enfantine nourri d'obscénité tranquille et
d'impudeur insolente qui vient aux adolescentes à
l'heure trouble des premiers frissons du ventre.

« Tu viens chéri ? »

Je m'attendais à ce qu'elle ajoutât les vers qu'elle
chanta naguère pour attirer le poète dans le guêpier de
sa guêpière :

> Si tu te couches dans mes bras,
> Alors, la vie te semblera
> Plus facile…
> Tu y seras hors de portée
> Des chiens, des loups, des homm's et des
> Imbéciles.

« Alors, tu viens ?

– Je ne peux pas, madame. Pas aujourd'hui. Aujourd'hui ça ne m'arrange pas de mourir. C'est bientôt Noël, n'est-ce pas, comprenez-moi. »

Il faut vous dire que je revenais des grands magasins voisins, les bras chargés de paquets pour les enfants. Toute la ville frémissait et trépidait de cette espèce d'exaltation électrique et colorée qui agite les familles autant qu'elle racornit les solitaires, à l'approche de Noël.

« Non, vraiment, je ne veux pas mourir aujourd'hui, madame. J'ai le sapin à finir…

– Ne sois pas stupide. Viens, chéri. Si c'est le sapin qui te manque, je t'en donnerai, moi.

– Mais puisque je vous dis que je ne veux pas mourir.

– Pourquoi ?

– Pardon ?

– Sais-tu seulement pourquoi tu ne veux pas mourir ? dit encore la Mort.

– Je ne sais pas moi. J'ai encore envie de rire avec ma femme et mes enfants. J'aime bien mon travail. Je n'ai pas fini de mettre mon bordeaux en bouteilles et j'attends un coup de fil de maman. Et puis d'abord, il faut que j'aille chercher mes chaussures chez le cordonnier de la rue des Pyrénées. Voilà.

– Mon pauvre garçon. Tu es lamentable. Pour la première fois de ta vie, tu as la chance de voir la Mort en face, et au lieu de coucher avec moi, tu t'accroches à ton histoire de pompes même pas funèbres. Enfin, mon lapin, sois raisonnable. Regarde autour de toi. Es-tu vraiment sûr de ne pas en avoir assez de cette vie de con ? »

Évidemment. Je jetai un regard circulaire sur le boulevard où la pluie glacée détrempait le trottoir gris,
sale, jonché des mille merdes molles des chiens d'imbéciles. Mes frères humains trépignaient connement
entre les bagnoles puantes d'où s'exhalaient çà et là
les voix faubouriennes et bovines des chauffards éthyliques englués à vie dans l'incurable sottise des revan-
chards automobilistes glapissants de haine et suintants
d'inintelligence morbide. La vulgarité tragique de la
vitrine du Conforama voisin me donna soudain la nau-
sée. Trois grands nègres souillés de misère et transis
de froid s'y appuyaient en grelottant dans la dignité
autour des balais de caniveaux pour lesquels ils
avaient quitté la tiédeur enivrante de leur Afrique
natale. À la devanture du kiosque du Sébasto, la
guerre menaçait partout, la princesse de Moncul épou-
sait le roi des Cons, le franc était en baisse et la violence en hausse, la speakerine hébétée crétinisait au
ras des perce-neige, un chanteur gluant gominé affi-
chait aux anges un sourire aussi élégant qu'une cica-
trice de césarienne ratée, le ministre des Machins
triomphait d'incompétence, le roi du football tout nu
sous la douche crânait comme un paon mouillé ravi de
montrer sa queue à tous les passants, les cervelles
éclatées collées aux carrosseries racontaient en multicolore le grand carambolage meurtrier de l'autoroute,
« le poids des morts, le choc des autos », et la traditionnelle grognasse du mois racolait l'obsédé moyen
avec ses oreilles en prothèse de lapin et ses nichons
remontés, luisants de glycérine : « Si je suis dans
l'huile, c'est parce que j'aime ça. »

« Alors, tu viens chéri ? dit encore la Mort, dans un
souffle infernal et brûlant qui m'envahit le cou jusqu'à

la moelle. Allez, viens. Je te promets que la nuit sera longue. Je te ferai tout oublier. Tu oublieras la pluie, ta vieillesse qui pointe, les passages cloutés, les bombes atomiques, Rego, le tiers provisionnel et l'angoisse quotidienne d'avoir à se lever le matin pour être sûr d'avoir envie de se coucher le soir.

– Excusez-moi, madame, mais j'hésite. D'un côté, il est vrai que ce monde est oppressant. Mais, d'un autre côté, depuis que j'ai connu ces étés lointains, dans le foin, avec une mirabelle dans une main et la fille du fermier dans l'autre, j'ai pris l'habitude de vivre. Et puis l'habitude, au bout d'un temps, ça devient toujours une manie, vous savez ce que c'est. Alors bon, mourir comme ça là, maintenant, tout de suite, sans cancer ni infarctus, à la veille de Noël, ça la fout mal. Avec la panoplie de Zorro et la poupée qui fait pipi toute seule dans les bras, j'aurais peur de rater ma sortie. Et puis, en plus j'imagine ma femme accrochant ses guirlandes en haut de son escabeau quand on lui apprendra la nouvelle : "Madame. Soyez courageuse. Votre mari… c'est affreux." Et elle : "Oui, c'est toujours pareil ! Il est jamais là quand on a besoin de lui, c'est toujours les mêmes qui accrochent les guirlandes." »

Alors la Mort, désespérée, haussa les épaules et se rabattit sur un petit vieux propret qui rentrait réveillonner tout seul dans sa chambre de bonne. À minuit, il aurait rempli son verre de mousseux pour trinquer avec sa télé noir et blanc. Alors, la Mort l'a baisé à mort, à même le trottoir.

Donc William Sheller est coupable, mais son avocat, nom de Dieu, vous en convaincra mieux que moi.

William Sheller : Ce qu'il chante est si délicat, si intelligent, si soyeux qu'on ne l'entend pas quand le voisin d'à côté, ce gros con, écoute le brame de Johnny sur Radio Nostalgie.

Réquisitoire contre Claire Bretécher

19 décembre 1982

Françaises, Français,
Belges, Belges,
Charleboise, Charlebois, Pétillonnes, Pétillons,
Mon président mon chien,
Chère Claire, cher sombre,
Mesdames et messieurs les jurés,
Public chéri, mon amour.
Bonjour ma colère, salut ma hargne, et mon courroux…
coucou.

« Plus je connais les hommes, moins j'aime ma
femme », disait Aragon… Ce à quoi j'ajouterai, parodiant sans vergogne l'inoubliable auteur des yeux
d'Elsa Poppin : « Plus je connais les femmes, moins
j'aime Claire Bretécher. » Je hais cette femme, mesdames et messieurs les jurés. Elle m'a trop fait mal.
Du pimpant séducteur que j'étais, cette femme, que
vous voyez là, mesdames et messieurs les jurés, écra-
sant de sa croupe arrogante le banc de l'infamie qui
ne lui a rien fait, cette sémillante gorgone qui essaie
tant bien que mal d'abriter son âme noire sous le
masque trompeur de sa pulposité nordique, cette maudite gargouille graffiteuse, qui avilit Avila en traînant
dans la fange le souvenir de Thérèse, la grande,

l'humble Thérèse, celle qui pleure quand on la hausse… et qui rit quand on l'abaisse, cette hétaïre feutrée de la gauche caviar… Quand je dis « hétaïre feutrée », je ne sous-entends pas que vous faites des passes sur la pointe des pieds : je veux dire que vous avez prostitué votre feutre et trahi notre noble cause bourgeoise en allant dessiner dans *Le Nouvel Observateur*, le journal de machin… comment s'appelle-t-il déjà, le faire-part pensant ? Jean Daniel ! Mon Dieu comme cet homme est peu primesautier ! Le soir du 10 mai 80 et quelques, quand la populace a cru que c'était la Révolution, il a essayé de chanter « on a gagné » avec les autres : on aurait dit un moine anémié psalmodiant un chant grégorien aux obsèques de Léon Blum. Et la dernière fois que je l'ai vu (il me semble, si ma mémoire est bonne, que c'était dans une partouze à Neuilly) il s'est approché de moi, et bien qu'il fût alors tout nu avec un caleçon sur la tête et un confetti sur le nez, j'ai vraiment cru lire sur son visage qu'il allait m'annoncer que l'ensemble de ma famille venait d'être décimée dans un accident d'automobile.

Du pimpant séducteur que j'étais, disé-je, avant d'être une fois de plus interrompu avec une extrême grossièreté par la seule personne au monde de qui je puisse tolérer pareil camouflet, c'est-à-dire moi-même, du pimpant séducteur que j'étais, cette femme a fait un homme brisé, d'autant plus irrémédiablement brisé que personne, hélas, ne pleura jamais ma brisure. Car enfin, Dieu me bascule (merci mon Dieu), il ne suffit pas qu'un homme soit brisé pour qu'on le pleure. Encore faut-il qu'il soit consigné ! Pourquoi, ramassis de cafards trichromosomiques hypotendus que vous êtes, pourquoi croyez-vous que Clovis pleura si fort le vase de Soissons ? Parce qu'il était consigné, imbéciles.

Ôôôôôô ! Créature diabolique, tu as brisé mes illusions ! Oui, Claire, tu me les as brisées. Oui, Claire, tu me les brises encore, perverse beauté scandinave.

À ce stade de ma harangue de la Baltique, mesdames et messieurs les jurés, je vous dois quelques révélations, concernant ma vie privée et celle de l'accusée, qui devraient normalement émouvoir les culs-mélos-nimbus d'*Ici Paris* et *France Dimanche* : Claire Bretécher n'est pas la pieuse paroissienne de Saint-Honoré-d'Eylau que tout le monde croit. Elle a une vie sexuelle organisée. Et, avant sa rencontre avec Michel Jobert dans le Paris-Poitiers, cette femme était mienne !

Ah, Claire, mon amour, va, je ne te hais point ! Je comprends que tu m'aies quitté pour petit Michou. Que celle qui n'a jamais rêvé de cacher son amant dans sa culotte lui jette la première pierre !

Mais, cruelle !, que n'as-tu montré quelque pitié pour celui qui t'a tout donné et dont aujourd'hui il ne reste rien. Rien que ce cœur qui saigne sans le secours hémostatique de ton baiser antinévralgique, pas d'utilisation prolongée sans avis médical.

Claire et moi, monsieur le président, nous connaissons depuis toujours. L'un et l'autre abandonnés par nos parents collaborateurs à la Libération, nous avons tété la même nourrice nantaise, en même temps. Dieu, comme les seins de cette femme étaient énormes ! Ça crée des liens, monsieur le président (c'est une image).

Dès son plus jeune âge, Claire manifesta des dons certains pour le dessin et la peinture. C'est elle qui m'apprit à manier les couleurs et à tenir mon pinceau

bien droit. Je nous revois encore, armés de mercuro-
chrome et des tubes de rouge à lèvres et de fard à yeux
de notre nounou, reproduisant le *Radeau de la Méduse*
sur le papier peint blanc du salon. Tu guidais mes bal-
butiements picturaux, rappelle-toi, Claire :

CLAIRE : Alors, ça, là, n'est-ce pas, et ça, là.
PIERRE : Comme ça ?
CLAIRE : Non. Pas comme ça. Comme ça. Et ça, là.
PIERRE : Comme ça ?
CLAIRE : Là, oui, c'est bien. Ah oui, c'est bien. C'est
très bien. C'est très, très, très bien.
PIERRE : Ah bon ?
CLAIRE : Ah oui. C'est épatant. C'est vraiment épatant.

Ah oui, Claire, c'était épatant, nous deux ! Au printemps, quand la merlotte rieuse merlottait dans ses
premières plumes frissonnantes sur la brise froufrou-
tante des plus fins zéphyrs du renouveau breton que
Phébus encore pâlot, dardant à la nue les rais apaisants
de sa splendeur vespérale, diffusait en caresses au
creux du cou des filles, tel un duvet diaphane enrobant
de plaisir la moiteur attendrie d'un mamelon dodu
qu'irise en mille vaguelettes de tendresse exaltée le
soupir atlantique du noroît qui s'étale et lisse au cœur
des dunes l'herbeux oyat des bords de mer où la coc-
cinelle sodomise le coccineau dans un tintinnabulage
aigu d'élytres froissés, au printemps, disé-je, sur la
grand-plage de Saint-Jean-de-Monts, Claire et moi
participions souvent aux concours de châteaux de
sable du *Figaro*. Sans son aide, je n'aurais jamais
gagné : ah, certes, tout seul, je me débrouillais tant
bien que mal, une année, j'ai même décroché un

accessit dans la catégorie « châteaux populaires » pour avoir entièrement reconstitué en 3' 20" la ville de Sarcelles, avec une boîte de corned beef retournée. Mais sans Claire, jamais je n'aurais eu le premier prix en catégorie « châteaux Renaissance » pour mon célèbre « Retour de chasse à Chambord », entièrement en sable fait à la main, avec allégorie sous la troisième tourelle de l'aile gauche de la galerie sud qui montrait Éléonore d'Espagne poursuivie par un cerf et remontant sa culotte en traversant le Loir-et-Cher, pendant que Diane de Poitiers, à quatre pattes sur le pont-levis central, inventait le magnétoscope à huile qui allait la rendre célèbre quatre cent cinquante ans plus tard, grâce aux habiles manœuvres du fœtus à Pompon… Sans toi, Claire, jamais je n'aurais su manier le sable humide et pétrir sa blondeur avec autant de doigté. Cela aussi, je te le dois.

Rappelle-toi, Claire…

CLAIRE : Alors, ça, là, n'est-ce pas, et ça, là.
PIERRE : Comme ça ?
CLAIRE : Non. Pas comme ça. Comme ça. Et ça, là.
PIERRE : Comme ça ?
CLAIRE : Là, oui, c'est bien. Ah oui, c'est bien. C'est très bien. C'est très, très, très bien.
PIERRE : Ah bon ?
CLAIRE : Ah oui. C'est épatant. C'est vraiment épatant.

Puis vint le jour de notre communion solennelle à Saint-Honoré-d'Eylau. Tu avais 12 ans. Tu en paraissais 15. L'après-midi, lors du goûter d'enfants chez notre marraine, la maréchale Leclerc, tu as tenu à montrer ta chambre à mes petits amis, petit Luis et petit Claude. C'est là que, tous les quatre, nous avons joué à observer les papillons.

Rappelle-toi, Claire…

CLAIRE : Alors, ça, là, n'est-ce pas, et ça, là.
CLAUDE + LUIS + PIERRE : Comme ça ?
CLAIRE : Non. Pas comme ça. Comme ça. Et ça, là.
CLAUDE + LUIS + PIERRE : Comme ça ?
CLAIRE : Là, oui, c'est bien. Ah oui, c'est bien. C'est très bien. C'est très, très, très bien.
CLAUDE + LUIS + PIERRE : Ah bon ?
CLAIRE : Ah oui. C'est épatant. C'est vraiment épatant.

Donc Claire Bretécher est coupable, mais son avocat vous en convaincra mieux que moi.

Claire Bretécher : La belle Claire est tellement timide qu'elle s'efface quand elle croit se reconnaître sur l'une de ses BD.

Réquisitoire contre Alain Ayache

7 janvier 1983

Françaises, Français,
Belges, Belges,
Mon cher meilleur,
Mon bon doudou,
Mon cher Gérard,
Mon président mon chien,
Monsieur l'avocat le plus bas d'Inter,
Mesdames et messieurs les jurés,
Public chéri, mon amour.
Bonjour ma colère, salut ma hargne, et mon courroux… coucou.

Il me faut revenir sur une vieille affaire. Entendons-nous bien. Quand je dis qu'il me faut revenir sur une vieille affaire, je ne sous-entends pas qu'il me faille me remettre en ménage avec Marguerite Duras.

Je veux parler de l'affaire Langlois*. Certes on a tout dit, tout redit, tout contredit à propos d'un incident qui, finalement, pour peu qu'on le compare à la guerre du Liban ou à l'invasion de la Pologne par les… Polonais, fait figure, dans les annales de l'an 82, d'infime brouille indigne d'un articulet, même dans

* Pour plus de précisions, voir note, p. 171.

une feuille aussi transparente à force d'insignifiance que celle où monsieur Alain Ayache, ici présent, bafouille hebdomadairement ses pataquès boulevardiers hypogastriques.

Mais justement, dans son numéro du 17 septembre dernier, monsieur Ayache au lieu de se contenter, comme à son ordinaire, de se torcher la plume dans son papier anti-hygiénique, pour nous resservir la fiente, au lieu de bavouiller mollement sur les métastases hypothétiques des vieilles stars vacillantes ou de déconner sans complexe dans ses extraordinaires prévisions lotoroscopiques, dans ce numéro du 17 septembre, disé-je, *Le Meilleur* a osé tremper son groin dans l'affaire Langlois pour donner une leçon de bon goût à ce journaliste d'Antenne 2 qui, je le rappelle, fut promptement congédié de son poste pour avoir ramené à de justes proportions un accident d'automobile survenu à une ancienne copine de Cary Grant reconvertie dans l'opérette immobilière sur la Côte d'Azur.

Je ne vous relirai pas le papier de Langlois, il faut vraiment être sourd ou monégasque pour ne pas le connaître par cœur. Mais voici la critique qu'en fit *Le Meilleur* dans son numéro du 17 septembre. En titre sur cinq colonnes : « L'HOMMAGE "CHOQUANT" D'ANTENNE 2 À GRACE ».

Avec des guillemets à « choquant », alors que le même mot revient dans le texte sans guillemets. Ces guillemets pourraient à la rigueur signifier que le responsable de la page, c'est-à-dire vous, monsieur Ayache, a voulu légèrement désavouer l'auteur du papier et démarquer en quelque sorte son journal de l'opinion singulière d'un seul journaliste. Mais c'est trop espérer du *Meilleur*. Si l'on se réfère au niveau moyen des qualités littéraires et humanistes de cet hebdomadaire, on est en droit de penser que l'usage du guillemet correspond ici à ce vieux réflexe pavlovien qui consiste à essuyer ses virgules sur le mur de la honte avant de se reculotter.

« Le changement tel que le conçoit Antenne 2 est parfois pour le moins choquant » *(sans guillemets)*, s'insurge le justicier anonyme. « Voici comment Bernard Langlois, le présentateur, désormais suspendu du journal télévisé, a présenté mercredi dernier la mort de la princesse Grace » *(suit l'article de Langlois)*, puis, de nouveau, l'indignation du Zorro de gouttière du *Meilleur* : « Ce n'est pas l'élégance qui a étouffé le journaliste de la deuxième chaîne. À défaut de tresser une couronne à la princesse Grace, il aurait pu éviter ce commentaire de mauvais goût. La protestation de plusieurs téléspectateurs l'a laissé de marbre, "C'est normal, dit Langlois : il y en a toujours. On se console comme on peut". Fin de citation. »

Le Meilleur s'offusquant du manque d'élégance et du mauvais goût d'un confrère, il vaut mieux entendre ça que d'être juif, comme disait Beethoven. Ayache offusqué par Langlois, c'est beau comme un vidangeur asphyxié par un bouquet de roses.

Le plus extraordinaire, mesdames et messieurs les jurés, c'est que cet article insensé, qui repousse les limites de la tartufferie journalistique vers d'inabordables sommets, se trouve être calé sous un autre intitulé : « Un nouveau jeu : les paris sur les morts », où il nous est raconté qu'à Tempa, aux États-Unis, une association vient de créer une espèce de PMU morbide dont les joueurs, faute de cheval à abattre, misent

de l'argent sur les disparitions probables des cancéreux mondains, des grabataires célèbres, ou plus simplement des vedettes du troisième âge comme Katha-
rine Hepburn, Marlène Dietrich ou Ronald Reagan.
Ah, bien sûr, bien sûr, *Le Meilleur* s'insurge contre de
telles pratiques. C'est d'ailleurs pour cela qu'il en
parle, n'est-ce pas. N'allez pas croire que c'est pour
aguicher le lecteur en lui faisant renifler du cadavre
que *Le Meilleur* déballe de l'agonie scandaleuse à longueur de pages. C'est pour dénoncer, merde quoi.
C'est pour leur faire voir ce qu'il ne faut pas faire que
le Merdeur, Pipi Paris ou Branle Dimanche montrent
leur faux-cul à tous les passants.

La voilà, la vieille technique des hebdos accroche-
cons, lèche-malades et branle-minus. On vous titre sur
huit colonnes, en lettres grasses et graisseuses,
quelque chose de bien cradingue, qui vous accroche la
bête au plus bas de son cortex ou de son caleçon, on
lui développe l'affaire sur cinquante lignes, avec force
détails salaces ou crapuleux, et on lui dit : lecteur
chéri, regarde, on voit les poils, renifle, ça pue la
merde, et à la fin on s'indigne, avec élégance et bon
goût, s'il vous plaît.

Toujours dans cette même page 21 du *Meilleur* du
17 septembre 82, mesdames et messieurs les jurés, à
droite des aventures de Grace Kelly et des courses de
métastases du gotha, il y a un troisième article qui
relate les déboires de la fusée Ariane, laquelle, je le
rappelle, se désintégra tristement à peu près en même
temps que Grace Kelly. On imagine, par parenthèse,
le titre qu'eût choisi *Le Meilleur* si Ariane, au lieu
d'exploser en même temps que la princesse, avait
explosé SUR la princesse… Mais ne rêvons pas. Le

titre du *Meilleur* fut moins fracassant. Le voici. Je vous le montre :

« LA FUSÉE ARIANE VICTIME D'UN SABOTAGE ? »

Avec un point d'interrogation. Vous avez tout compris : sans point d'interrogation, le titre « La fusée Ariane victime d'un sabotage » relevait du mensonge pur et simple. Avec un point d'interrogation, on peut tout dire sans risquer la diffamation, et c'est très intéressant sur le plan de l'accroche-connard car le susdit connard, pour peu qu'il soit myope, inculte, dyslexique ou simplement pressé, ne verra même pas le point d'interrogation. À partir de quoi, moi, si je veux, je peux très bien dire ou écrire sur dix colonnes : « LE PRINCE RAINIER REMARIÉ AVEC ALAIN AYACHE ? »

Tout le bon goût et l'élégance qui faisaient défaut à ce pauvre Langlois sont dans ce point d'interrogation qu'on peut d'ailleurs alterner avec une autre forme d'escroquerie journalistique banale que j'appellerai l'insinuation négative, exemple :

« Il n'y a rien entre le prince Rainier et Alain Ayache », alors que bon… C'est comme si je disais : « Il n'y a rien entre Villers et madame Rego. » Tu parles !

En résumé, s'il est vrai que, comme l'a toujours soutenu ma grand-mère, dans le poulet, le meilleur, c'est le croupion, il est vrai aussi qu'en matière de canard, *Le Meilleur*, ça vole pas très haut non plus.

Donc Alain Ayache est coupable.

Alain Ayache : Ancien champion d'Afrique du Nord de ping-pong. Bref, c'était déjà le meilleur.

Réquisitoire contre
Daniel Toscan du Plantier

10 janvier 1983

Flamandes, Wallons,
Belges, Belges,
Suisses, Suisses,
Françaises, Français,
Monsieur le président le plus ridicule d'Inter,
Monsieur l'avocat le plus bas d'Inter,
Mesdames et messieurs les jurés,
Public chéri, mon amour.
Bonjour ma colère, salut ma hargne, et mon courroux… coucou.

Jusqu'à aujourd'hui, je pensais que le Toscan du Plantier était le virus de la verrue plantaire, c'est vous dire à quel point j'aurai du mal à aborder le sujet du jour. Je préfère répondre à mon courrier, et plus particulièrement à la lettre de madame Sabine Le Tavernier, de Nyons, présidente de l'ADVO, l'Association de Défense de la Veuve contre l'Orphelin, qui regrette bizarrement que le tribunal n'accuse jamais d'enfants, qui, dit-elle, sont tous des cons.

Je dois dire, madame, que vous n'avez pas tout à fait tort.

Je ne suis pas raciste, mais il faut bien voir les choses en face : les enfants ne sont pas tout à fait des gens comme nous. Plus ils sont petits, moins ce sont des gens comme nous. Attention. Ne me faites pas dire ce que je n'ai pas dit. Il n'y a dans mon propos aucun mépris pour les petits enfants. Seulement, bon, il faut voir les choses en face : ils ont leurs us et coutumes bien à eux. Ils ne s'habillent pas comme nous. Ils n'ont pas les mêmes échelles de valeur. Ils n'aiment pas tellement le travail. Ils rient entre eux pour un oui, pour un non. Enfin, qu'on le veuille ou non, les petits enfants sont de grands enfants.

Personnellement, je subis en permanence sous mon toit une paire d'enfants de sexe féminin que j'ai fini par obtenir grâce au concours d'une jeune femme aussi passionnée que moi pour les travaux pratiques consécutifs à l'observation des papillons.

Un manque total d'objectivité et une dissolution navrante de l'esprit critique caractérisent généralement le discours laudatif des parents quand ils s'esbaudissent sur les mille grâces et les talents exquis de leur progéniture. Moi, non. Je conserve le nécessaire recul de l'entomologiste glacé quand il me vient à l'idée de parler des miens. Je ne suis pas ébloui par eux. Je ne suis pas gâteux. Et c'est sans la moindre complaisance que, à force de les observer dans leurs jeux et leur comportement affectif, je puis témoigner aujourd'hui que mes filles sont vraiment beaucoup plus jolies et drôles et intelligentes et gracieuses et pimpantes et rigolotes que les enfants des autres.

C'est vrai. Il faut me croire car je n'ai pas de preuve : je ne les exhibe jamais dans les lieux publics ou devant les journalistes à l'eau de rose qui m'en font parfois la demande. Ce n'est pas par pudeur. Je n'en ai aucune. Vraiment aucune : Dimanche dernier, à Saint-

Honoré d'Eylau, j'ai manifesté à coups de zigounette sur l'accoudoir de mon prie-Dieu pour protester contre le sermon du nouveau curé, qui me semblait légèrement anticlérical.

Non, ce n'est pas par pudeur que je ne montre pas mes enfants à tous les passants. C'est parce que je n'ai pas les moyens de payer la rançon.

Les enfants ne sont pas des gens comme nous. Dieu merci, nous autres parents, armés de cette époustouflante sagesse tranquille qu'on appelle la Raison, sommes là pour guider d'un bras ferme nos chers petits sur le droit chemin de la vérité existentielle d'où leur âme fluette de petit sous-homme se forgera sans trêve jusqu'à devenir l'âme d'airain de l'homme mûr et responsable, capable enfin de travailler huit heures par jour à l'usine ou au bureau, de jouer au tiercé et de déclencher périodiquement les indispensables guerres mondiales dont les déchaînements remarquables de bruits et de fureur constituent à l'évidence la seule vraie différence entre l'Homme et la bête.

Minute de réflexion : Prends ta tête à deux mains, mon cousin. Réfléchissons : Quel pouvoir humain est plus absolu que le pouvoir des parents sur les enfants ?

Avant de fouetter ses serfs ou de décréter un couvre-feu arbitraire, le dictateur le plus méchamment obtus, le tyranneau le plus définitivement cruel, s'entoure au moins de l'avis d'une poignée de conseillers qui peuvent éventuellement infléchir ses outrances. Hitler lui-même n'envahissait pratiquement jamais l'Autriche-Hongrie sans avoir préalablement consulté son berger allemand.

Mais qui contrôle le pouvoir des parents ? Qui ? Personne. À part quelques lois qui conseillent vaguement aux prolétaires abrutis de travail d'éviter de jeter leurs poupons braillards par les fenêtres de l'HLM après 22 heures, afin de limiter les accidents du travail, et notamment le nombre des fractures des vertèbres cervicales chez les éboueurs insomniaques victimes de chutes d'enfants sur la gueule à l'heure du laitier.

Mais n'est-il point tout à fait consternant de constater, en ce monde entièrement bâti sur la répression, depuis l'affaire de la golden maudite au paradis terrestre, que n'importe quel adulte, sous prétexte qu'il a, le plus souvent par hasard, pondu un rejeton, n'est-il point stupéfiant, m'insurgé-je, de constater que le susdit adulte a le droit absolu de triturer impunément la personnalité d'un enfant sans encourir la moindre punition de la société ?

Injuriez un pandore, volez une pomme ou traversez la vie en dehors des passages protégés définis par la loi et vous risquerez la prison. Mais sous votre toit, vous ne risquez nulle répression. Abrutissez votre gosse à coups d'idées reçues, détruisez-le à vie en le persuadant que la masturbation rend sourd ou que les juifs sont des voleurs, faites-en un futur con tranquille en lui enseignant que les femmes sont des hommes inférieurs, inoculez-lui sans répit votre petite haine rabougrie pour la musique arabe, la cuisine chinoise ou la mode sénégalaise, quand ce n'est pas pour les mœurs et coutumes de la Seine-et-Marne, d'ailleurs ça ne m'étonne pas, c'est encore un 77 qui m'a fait une queue-de-poisson ce matin, dégoûtez-le à vie de Brahms ou du rock-new wave, crétinisez-le sans retour en le forçant à faire des mathématiques s'il veut être musicien, parce que VOUS auriez voulu être ingénieur et que la vie, hélas, quel malheur, ne l'a pas voulu, mais mon gosse, vous verrez, je suis chef de rayon, d'accord, mais mon gosse, lui, MON gosse, sera chef de diamètre. Ah, fumiers de philistins !

> Philistins, épiciers,
> Tandis que vous caressiez
>   Vos femmes,
>
> En songeant aux petits
> Que vos grossiers appétits
>   Engendrent,
>
> Vous pensiez : « Ils seront,
> Menton rasé, ventre rond,
>   Notaires »,
>
> Mais pour bien vous punir,
> Un jour vous voyez venir
>   Sur terre
>
> Des enfants non voulus
> Qui deviennent chevelus
>   Poètes.

C'était : « Hommage à Jean Richepin ». À propos, comment va Brassens ? Depuis qu'on ne le voit plus de Vanves à la Gaîté, le Mont Parnasse n'est plus ce qu'il était.

« Ah, c'est dur l'élevage », disait ma grand-mère qui pratiqua volontiers sur sa descendance des méthodes de puériculture pluralistes surannées alternant les sévices corporels de type panpan-cucul et la répression hypoglycémique axée sur la privation temporaire du roudoudou. Oui, c'est dur. Un jour que je scribouillais avec soin dans ce bureau tranquille d'où jaillissent tant bien que mal ces élucubrations, la plus jeune de mes deux crapulettes, qui va sur ses six ans sans lâcher sa sucette, est venue me faire une de ces visites dont elle m'honore quand elle a du temps à perdre, c'est-à-dire rarement.

« Papa, pourquoi le monsieur il a une jupe ? s'enquiert-elle après cinq minutes de contemplation muette devant une des trois cents photos de presse que j'ai collées sur deux murs de mon antre.

– Parce que c'est un Écossais. C'est une coutume dans son pays de porter un kilt. Ça s'appelle un kilt. Tu sais, les hommes ne portent pas tous des pantalons. Il y a plein de pays dans le monde où les hommes portent des robes ou des jupes.

– Papa, est-ce que les Écossais sont tristes ?

– Pourquoi veux-tu qu'ils soient tristes ?

– Parce qu'ils ne sont pas des Français. »

Sonnette d'alarme dans la tête du père. Attention : Désamorcer tendance xénophobique précoce. Danger de racisme primaire à l'horizon. Vas-y, Pierrot. Fonce.

« Vois-tu, ma chérie, les Écossais, les Français, les Noirs, les Jaunes, ce sont des hommes, ou des femmes, tous pareils. Être français, ce n'est pas très important. Ça fait rien. Les Écossais parlent anglais, comme beaucoup de gens dans le monde, mais c'est tout. Les enfants écossais sont exactement comme les enfants d'ici.

– Ah bon. Alors c'est pas grave d'être écossais ?

– Non !

– Ça fait pas mal ?

– Mais non.

– C'est pas grave alors ?

– Ce n'est pas grave du tout. Tu as compris. »

Trois jours plus tard, elle se replante devant la même photo.

« Dis donc, papa, un Écossais, si y met un pantalon et qu'il parle pas, est-ce qu'il croit qu'il est français ?... »

C'est dur l'élevage !

Donc Daniel Toscan du Plantier est coupable, mais son avocat vous en convaincra mieux que moi.

Daniel Toscan du Plantier : Ce personnage pompeux qui terrorisait les cinéastes est mort depuis si peu de temps qu'on ne va pas, en plus, dire du mal de lui.

Réquisitoire contre José Giovanni

13 janvier 1983

Françaises, Français,
Corses, Corses,
Mon président mon chien,
Monsieur l'avocat le plus bas d'Inter,
Mesdames et messieurs les jurés pourris d'office,
Public chéri, mon amour.
Bonjour ma colère, salut ma hargne, et mon courroux... coucou.

Voilà. C'est arrivé. Ça devait arriver. C'est arrivé.

Depuis plusieurs jours, déjà, je sentais que cela arriverait. Il y a des signes avant-coureurs qui ne trompent pas. C'était dans l'air. Alors voilà.

Qu'est-ce qui est arrivé, direz-vous ? La gauche ? Zorro ? Le retour d'Aragon ? Le beaujolais nouveau ? Le TGV ? Le jour de gloire ? Non.

Il est arrivé ce qui devait arriver un jour ou l'autre depuis les temps immémoriaux où je m'écartèle quotidiennement les sphincters cérébraux pour pondre, ici, tant bien que mal, de laborieux réquisitoires haineux contre des gens que je ne hais même pas, il est arrivé, disé-je, ce qui devait arriver : aujourd'hui, monsieur le président, cher maître, cher accusé, chers jurés, cher public, je n'ai strictement rien à dire. Je suis comme

138

frappé d'hypotension réquisitoriale et d'inappétence inquisitrice, tari, creux, vidé, exsangue, en panne, décérébré, sous-procural, subéreux, non-pensant, débranché, sous-demeuré, cataleptique, hypo-courroucé, sub-colérique et non-hargneux, inexistant, pétrifié, raplapla, tribuno-dépressif, barbitural, anorexique, flagada, neurasthénique, sub-léthargique, semi-lunaire et para-légumineux. Ne cherchez pas à rayer la mention inutile, il n'y en a pas. J'ai beau me forcer, j'ai beau me pousser l'âme au cul, me plonger dans le dossier de l'instruction jusqu'à frôler la noyade par hydrocution du cortex dans l'eau trouble de votre curriculum vitæ, je ne parviens pas à fixer mon attention chancelante sur votre cas que je connais pourtant bien, monsieur Joseph Giovanno.

Je lis dans votre dossier que vous vous réjouissez de l'abolition de la peine de mort, eh bien, je vous le dirai en un mot comme en cent, ça m'est complètement égal. Incroyable mais vrai : je m'en fous. Je vois aussi que vous vénérez Napoléon parce que vous êtes corse, ce qui constitue, à mon sens, la raison la plus totalement incongrue d'aimer Napoléon ! C'est pas parce qu'elle est née à Boston que ma sœur vénère l'Étrangleur, mais bon, de toute façon, je m'en fous à un point que vous ne pouvez même pas imaginer. Vous vénéreriez la guillotine et seriez pour l'abolition de Napoléon parce que vous êtes belge que je m'en foutrais exactement autant.

Vous dites plus loin que vous n'aimeriez pas mourir dans votre lit, mais entre nous, je vous le demande du fond du cœur, qu'est-ce que ça peut me faire, du moment que vous ne venez pas mourir dans le mien ?

Une seule fois j'ai failli me réveiller, c'est en prenant connaissance d'une réponse que vous avez faite à l'instruction : à la question « Quel est votre compositeur favori ? », vous avez répondu : « Aranjuez et ses concertos. » C'est légèrement rigolo quand on sait qu'Aranjuez n'a jamais écrit un seul concerto, pour la bonne raison qu'Aranjuez est le nom d'une ville, et non pas du compositeur. Lequel se nommait Joachim Rodrigo et composa *Le Concerto d'Aranjuez*, cette lourde roucoulade sirupeuse, en l'honneur des jardins luxuriants de cette vieille cité des bords du Tage. Alors, quand vous dites : « J'aime Aranjuez et ses concertos, je pourrais les écouter des heures, des jours, des mois sans m'en lasser jamais », là, j'avoue que malgré l'extrême profondeur de ma somnolence je suis au bord d'être réveillé par l'incontrôlable agacement de mes zygomatiques. Comprenez-moi, monsieur Giovanna : je ne ris pas de votre inculture musicale. Moi-même, comme vous, je serais incapable de dire qui a écrit le *Boléro* de Ravel et où s'est passée la bataille de Marignan. Il va de soi que nos petits trous de culture, comme toutes les autres formes de notre pauvreté, ne prêtent pas à rire. Ce qui me secoue le diaphragme malgré ma torpeur, c'est d'imaginer que vous puissiez écouter des heures, des jours, des mois, des concertos qui n'existent pas. Remarquez que je m'en fous aussi du moment que vous n'abîmez pas ma platine en venant les écouter chez moi. D'ailleurs moi, je n'écoute que la musique de madame Claire de Lune. J'adore toutes ses sonates.

À ce stade de l'expression somnifère de ce réquisitoire moribond frappé au sceau de l'incompétence par la torpeur où m'a plongé la Tsé-Tsé des prétoires, dont la cuisante morsure sournoise, sous la robe austère de la justice, a éteint en moi toute velléité de viol de conscience ou de détournement de majeurs, ça y est, j'ai paumé le début de ma phrase… Ah oui, Dieu me tripote (merci mon Dieu), à ce stade de ce réquisitoire sépulcral, je me console en constatant, d'après les révélations dignes de foi de ma montre c'est-trop-con-à-quartz, que je suis tant bien que mal parvenu à boucher un trou de cinq minutes sans jamais dire quoi que ce soit qui puisse intéresser qui que ce soit ici, et qu'il suffirait à présent que je vous lise ma dernière quittance de gaz, pour que sonne enfin le grelot présidentiel avant-coureur de l'inénarrable minute d'expression corporelle des ballets de Lisbonne qui me permettra de me recoucher enfin. Aussi bien, sans plus attendre, vais-je vous lire ma dernière quittance de gaz.

« Électricité de France – Gaz de France, EDF R. C. Paris B 522 081 317, GDF R. C. Paris B 542 107 651. » C'est le titre. « Première tranche ou pointe ou heures pleines : 1 654,1 859 kilowatts. Autres tranches, ou heures creuses : 3 204. » C'est quand on baise avec la lumière allumée : ce n'est pas 3 204 coups, non, c'est 3 204 kilowatts.

Je constate, hélas, si j'en juge par la profondeur bovine des regards du jury, que ma vie privée ne vous intéresse pratiquement pas. Ah, bien sûr, si au lieu de payer mon gaz ou d'aller acheter ma baguette bien cuite au bout de la rue comme tout le monde, si au lieu de trottiner platement dans l'existence banale de monsieur Tout-le-monde, j'étais un héros de José Giovanni, là, alors, oui, vous seriez passionnés. Vous aimez ça, hein, les grosses brutes viriles avec des poils aux pattes qui se bourrent la gueule à l'alcool à brûler en descendant le Niagara, ça vous excite les hypertrophiés du deltoïde qui s'éventrent à l'Opinel pour tuer le temps entre deux fusillades. Ça vous fait bander les bûcherons velus façon King Kong, qui se défoncent la tronche à coups de pioche les jours fériés, au lieu de regarder le film sur la Une, et qui finissent par mourir, légèrement vivisectionnés, en balançant, par-ci par-là, par-delà l'écran, les sempiternelles banalités sensiblardes du mélo phallocratique, et autres lieux communs poilus qui célèbrent immanquablement ces vibrantes manifestations sirupeuses et culturistes de l'amitié virile, avec un grand Vi, si j'ose m'exprimer ainsi. À propos de grand vit, monsieur Giovanni, j'ai vu récemment le gland des Siciliens, on voit pas beaucoup la fève des Siciliennes, là-dedans.

Donc, monsieur Giovanni, vous êtes coupable. Mais votre avocat vous en convaincra mieux que moi.

José Giovanni: Ancien taulard qui s'est rempli les poches en faisant son trou.

Réquisitoire contre Inès de la Fressange

18 janvier 1983

Françaises, Français,
Belges, Belges,
Rouquines, rouquins, coquines, coquins,
Mesquines, mesquins,
Vilebrequines, vilebrequins, mannequines, mannequins,
Mon Massif central,
Monsieur l'avocat le plus bas d'Inter,
Mesdames et messieurs les jurés,
Public chéri, mon amour.
Bonjour ma colère, salut ma hargne, et mon courroux…
coucou.

« Les hommes naissent tous libres et égaux en droit. » Qu'on me pardonne, mais c'est une phrase que j'ai beaucoup de mal à dire sans rire. « Les hommes naissent tous libres et égaux en droit. » Prenons cette femme. (C'est une image, madame. Loin de moi l'idée de vous prendre ici, dans ce box trop exigu pour les cent quatre-vingt-un centimètres de splendeurs nacrées qui composent, en tout bien tout honneur, votre principale source de revenus.)

Prenons cette femme. Elle est belle. La beauté… Existe-t-il au monde un privilège plus totalement exorbitant que la beauté ?

Par sa beauté, cette femme n'est-elle pas un petit

peu plus libre et un petit peu plus égale, dans le grand combat pour survivre, que la moyenne des homo sapiens qui passent leur vie à se courir après la queue en attendant la mort ?

Quel profond imbécile aurait l'outrecuidance de soutenir, au nom des grands principes révolutionnaires, que l'immonde boudin trapu qui m'a collé une contredanse tout à l'heure possède les mêmes armes pour asseoir son bonheur terrestre que cette grande fille féline aux mille charmes troubles où l'œil se pose et chancelle avec une bienveillante lubricité contenue ? (Difficilement contenue.)

Quand on a vos yeux, madame, quand on a votre bouche, votre grain de peau, la légèreté diaphane de votre démarche et la longueur émouvante de vos cuisses, c'est une banalité de dire qu'on peut facilement traverser l'existence à l'abri des cabas trop lourds gorgés de poireaux, à l'écart de l'uniforme de contractuelle et bien loin de la banquette en skaï du coin du fond de la salle de bal où le triste laideron, l'acné dans l'ombre, cachant dans sa main triste et grise le bout de son nez trop fort, transie dans sa semilaideur commune, embourbée dans sa cellulite ordinaire et engoncée dans ses complexes d'infériorité, ne sait que répondre au valseur qui l'invite : « Je peux pas. Je garde le sac à ma copine. »

Et encore, le boudin con ne souffre pas. Mais il y a le boudin pas con. Le boudin avec une sensibilité suraiguë. Le boudin qui est beau du dedans. Le boudin qui a dans sa tête et qui porte dans son cœur sa beauté prisonnière, comme ces gens du Nord de la chanson qui ont dans leurs yeux le bleu qui manque à leur décor.

Pourtant, Dieu me tripote (merci mon Dieu), la différence est mince entre une beauté et un boudin. Quelques centimètres de plus ou de moins, en long ou en large, quelques millimètres de plus ou de moins entre les deux yeux, quelques rondeurs ou aspérités en plus ou en moins par-ci par-là autour des hanches ou dans le corsage. Des détails. Et à ces détails près, quelle différence y a-t-il entre Inès de la Fressange, star à frou-frou pour emplumés saturés d'or du gotha, et Yvette Le Crouchard, tourneuse-fraiseuse sur machine-outil dans la Seine-Saint-Denis ?

À y regarder de plus près, elles sont étonnamment semblables. Elles possèdent l'une et l'autre le même nombre de fesses et le même nombre de seins. Les longueurs ajoutées de leur intestin grêle et de leur gros intestin atteignent approximativement huit mètres et demi, une fois dépliés et étirés. L'une et l'autre affichent au thermomètre anal une température moyenne de trente-sept degrés deux, et le corps de l'une comme le corps de l'autre contient grosso modo 70 % d'eau et 30 % de viandes diverses dont certaines, sous l'impulsion salutaire d'influx nerveux variés, leur permettent, au choix, de jouer des coudes, de cligner de l'œil, d'attraper l'autobus, voire de baisser leur culotte sans le secours des voisins en cas d'urgence uro-génitale.

J'espère que je ne vous choque pas, madame. Vous auriez tort d'être choquée. D'après une étude approfondie et effectuée récemment par mes soins auprès des familiers du Tout-Hollywood des années 60, je suis en mesure d'affirmer aujourd'hui que même Marilyn Monroe, aussi surprenant que cela paraisse, même Marilyn Monroe faisait pipi… Étonnant, non ?

Ainsi, il est vrai que les similitudes l'emportent sur les dissemblances entre deux êtres humains. L'âge lui-même n'est rien, chère Inès, si ce n'est que, selon toute probabilité, les asticots auront fini de picorer la guêpière de ma grand-mère quand ils entameront votre ultime robe du soir. Pour le reste… Tenez, j'étais invité la semaine dernière à la soirée annuelle des anciennes Miss France, dont je suis depuis longtemps l'intime pour avoir été maintes fois juge de touche pendant les compétitions. Lors du dîner inaugural, j'étais assis entre Miss France 1923 et Miss France 1982. « Le monde est un éternel recommencement », pensais-je avec un sens suraigu du lieu commun, tandis que, comme pour me donner raison, la première me bavait dessus tandis que je bavais sur la seconde.

Toute fière encore de sa récente couronne, Miss France 82 ne résista pas au plaisir de nous rappeler son score : « 95-60-95. » « Moi, dit Miss France 23, c'est 60-60-60. » « Moi aussi », dit Rego qui passait par là, entre l'avocat et la vinaigrette. « Moi aussi, c'est 60-60-60. Quelquefois… » ajouta-t-il de cette inimitable voix de castrat transpyrénéen qui charma plus d'une fille de salle punk des bas-fonds de Lisbonne au carnaval annuel des morues dessalées – pédé toi-même.

LUIS : Pourquoi tu dis « pédé toi-même » ?
PIERRE : Eh bien, généralement, quand je fais allusion à la morue ou au Portugal, tu dis : « Ta gueule, pédé ! »
LUIS : Pédé toi-même !

Errare Portugalum est.
Pouf pouf.

« Moi aussi, dit Rego, mes mensurations c'est 60-60-60. Quelquefois, ajouta-t-il de sa chaleureuse voix de gorge lourde de sensualité virile, quelquefois, je fais 60-60-85-60, notamment quand je pense à Fernande... » (Il exagère... Ah, ces Méditerranéens ! « Les gens du Sud ont dans les yeux le gland qui manque à leur décor. »)

Oui, chère Inès de la Fressange, vous n'êtes finalement qu'une femme comme les autres, avec les mêmes raisons que les autres de croire en Dieu ou de boire Contrexéville. Vous êtes donc aussi coupable que les autres, ce dont votre avocat va d'ailleurs vous convaincre dans un instant bien mieux que je n'ai su le faire. Cependant, avant de lui céder la parole, qu'il me soit permis, vous dévorant de tous mes yeux, de vous resservir, en hommage à votre exquise beauté, la bouleversante déclaration que fit un jour le cardinal de Richelieu à la très belle, très jeune et très pulpeuse comtesse Poli d'Oletta qu'on avait placée à son côté lors d'un dîner d'intimes à la cour de Louis XIII :

> Madame, si ma robe était de bronze,
> Vous entendriez sonner le tocsin.

Inès de la Fressange : Mannequin, dessinatrice de mode, décoratrice, elle a si peu changé en vingt ans qu'on se demande si elle n'est pas en tissu.

Réquisitoire contre Gilbert Trigano

24 janvier 1983

Françaises, Français,
Belges, Belges,
Gentils membres-z-et gentilles zézettes,
Ô toi, glorieux Massif central aux sommets en friche,
Mesdames et messieurs les jurés vendus d'office,
Public chéri, mon amour.
Bonjour la colère ! Je te salue ma rage ! Et mon courroux…
coucou !

Oui, mesdames et messieurs les jurés, une fois de plus, cet homme juste et bon qui vous parle, cet homme aryen de souche, français de racine et chrétien de zob, ce noble justicier sans reproche sent vibrer en lui un flot d'adrénaline impétueux qui roule tel un torrent de haine vengeresse dans les rudes veines bleutées de colère rouge qui coule dans ce corps d'athlète impeccablement moulé dans la robe austère de la justice sous laquelle je vous raconte pas.

La rage qui m'anime, mesdames et messieurs les jurés, c'est la haine du vautour. Pourtant je m'étais couché serein.

Mais cette nuit, dormant dans mes draps de gala,
J'ai fait un rêve étrange et pénétrant par là.

J'ai rêvé d'un exquis paradis, nimbé d'un ciel fragile aux improbables pluies où s'ébattaient les anges adorables et menus. Des hommes, des femmes, des enfants au rire de cascade fraîche, lançaient vers la nue le chant béni de l'amour universel, tandis que Dieu, immensément radieux-z-et beau, régnait au milieu d'eux, les Blancs d'un côté, les nègres de l'autre : le paradis.

J'étais là, sur un petit nuage, au bord de l'extase, guillotinant des socialistes en croquant des fruits sauvages, quand soudain, avec une stridence infernale à vous couper le souffle, la sonnerie du téléphone retentit dans la nuit, brisant mon rêve comme on casse un cristal. *(Montrant Luis.)* C'était ça ! C'était cet invraisemblable petit caca jaune et noir, lui, l'avocat le plus bas d'Inter, le roi de la défense passive, l'ineffable, l'irréfutable musaraigne ibérique qui stagne à vos pieds, mesdames et messieurs les jurés, indifférent à tout, uniquement préoccupé de se fourrager l'entre-jambe avec la pince à morpions en côtelette de morue que sa tata Rodriguez lui envoie de Lisbonne en paquet fado.

La sueur au front, la rage au ventre, je décroche, je crie :

« Allô ?

– Allô, c'est Luis. Echcougé moi dé té réveiller à quatre heures et quart dou matin, mais yé voulais té demander quelle heure qu'il est, s'il té plaît ? »

Et vous voudriez que je sois de bonne humeur ? Monsieur le président, je vous fais juge !

Alors voilà. Voilà cet homme ici que l'on juge aujourd'hui. N'attendez rien de moi, monsieur Trigano. Je ne vous conseille pas plus de compter sur ma clémence que de sauter sur ma Josiane.

Dans un cas comme dans l'autre, vous seriez déçu : la clémence a ses règles et Josiane a des limites, monsieur.

Qui est Gilbert Trigano ? Mesdames et messieurs les jurés ?

Que savons-nous vraiment de l'inventeur des parcs à ploucs ? Pas grand-chose, sinon qu'il a plus fait pour la démocratisation des vacances qu'Ajax à mon niaquoué pour la beauté de mon Chinois.

De son vrai nom Gilbert Plougastel, Gilbert Trigano est né en 1920, en Bretagne à Jouy-sur-les-Membres dans les Boules-du-Rhône.

Son père était tailleur, mais sa mère était là, c'était le principal.

Comme la plupart des juifs bretons, le petit Plougastel, dès son jeune âge, est attiré par les choses de la mer et les machins du père : Les machins... une dans chaque main... les rames de son père. Déjà, il ne résiste pas à l'appel obsédant des horizons lointains où les vahinés mignonnes au minet minou, mi-nues sous la mini-mini en Thermolactyl Damart, psalmodient sans trêve la chanson des blés durs en dansant la bourrée des archipels sous les couscoussiers en fleur. Afoutoutou afoutouta. Afoutoutou afoutouta, ah, ah.

À 13 ans, il s'engage comme apprenti coiffeur sur le trois-mâts *Calmolive* où il ne manque pas de mousses à raser. D'escale en escale, il finit par mouiller à Hambourg, après avoir fouetté à Marseille, mais c'est une autre histoire. Un soir, Gilbert, pris de boisson, se bat avec un hamburger dans un boui-boui du port. (Les hamburgers, je le souligne à l'intention des imbéciles et des électeurs de gauche, sont les habitants de Hambourg.) Le commandant du *Calmolive*, furieux, fait enfermer Gilbert à fond de cale, avec mission de trier les fagots de bois souillés par les mouettes pendant les escales. Et là, jour après nuit, la rage au cœur et la crotte aux doigts, Gilbert trie l'guano. Je dirais même plus : Gilbert trie l'guano, dans une cale à Hambourg, de derrière les fagots.

De ce jour, on ne l'appelle plus que Gilbert Triguano. Il en gardera toute sa vie la blessure à l'âme ainsi qu'une horreur viscérale de la marine à voile et du clafoutis à la fiente de mouette qui constitue pourtant, avec le sorbet de morue, l'un des plats préférés des fins gourmets ibériques péninsulaires *(montrer Luis)* auxquels il donne cet incomparable teint de chiotte entartré.

C'est en 1963 que Gilbert Trigano fonde, préside et dirige le premier de ces clubs de vacances dont je tairai ici le nom afin de ne pas faire de publicité au Club Méditerranée. L'idée de base de l'œuvre grandiose de ce précurseur consiste à faire cuire à feu vif, à même le sable, des congés payés pendant trois semaines. Quand les gentils membres sont cuits, on les renvoie dans leur trou après leur avoir arraché les boules, si j'en crois toutefois le chef d'accusation incohérent qui germa sous le toupet clairsemé de l'imposant thuriféraire de l'état de fait qui pérore ici jour après jour en distribuant paisiblement sa justice, bien calé sur son gland comme Saint Louis sous son chêne.

Prudent, et désireux de procéder par tâtonnement avant de foncer, Gilbert Trigano construisit son premier Club Méditerranée devant chez lui, 17, rue Jean-Jaurès à la Plaine-Saint-Denis dans le 93.

Dans une interview accordée récemment au journal

Le Monde (le poids de l'ennui, le choc des paupières), Gilbert Trigano explique que ce qui l'a également guidé dans ce choix c'est la beauté âpre et insoutenable de la « Cité des Druides » (les Gaulois sont dans la Plaine) et, dit-il – et là je cite : « La propreté incomparable de cette ville sans mouettes. »

En homme avisé, il fait appel, pour la construction des cases en bordure du périphérique, à Le Corbusier qui, et ce fut là son erreur, préconise, comme matériau de base, le guano ! Trigano le chasse. Deux ans plus tard le génial architecte franco-suisse s'éteint doucement dans l'un de ses cubes, miné par le chagrin.

Messieurs et mesdames les jurés, je ne pousserai pas plus loin le raisonnement ni la démonstration remarquable que je viens de faire du crime de cet homme. Oui, mesdames et messieurs, vous l'avez compris : Gilbert Trigano mérite la peine maximale pour le meurtre de Le Corbusier. À ceux qui douteraient encore, je tiens à leur disposition la pièce à conviction qui accable cet homme et apporte une preuve évidente de la haine maniaque qu'il a toujours portée aux amis des oiseaux : il s'agit bien évidemment du papier à entête du Club Méditerranée.

Le voici. On y voit une mouette sur un cabinet à la turque, en dessous que lisons-nous ? La devise du Club : « Factotus ouskifo Factotum », c'est-à-dire : « Je fais où on me dit de faire. »

Après ça, mesdames et messieurs, il ne reste plus qu'à tirer la chasse d'eau.

Gilbert Trigano : Léon Blum a offert les congés payés au petit peuple et Gilbert Trigano a mis des barrières autour.

Réquisitoire contre Sylvie Joly

25 janvier 1983

Françaises, Français,
Belges, Belges,
Mon président mon chien,
Monsieur l'avocat le plus bas d'Inter,
Mesdames et messieurs les jurés
Public chéri, mon amour.
Bonjour ma colère, salut ma hargne, et mon courroux…
coucou.

Vous tombez mal, madame Joly. Vous n'auriez pas dû venir aujourd'hui. C'est pas pour me vanter, mais vous allez en prendre plein la gueule. Vous avez du bol que le bavard en chef qui a usurpé la place de Peyrefitte ait fait mettre au rancart le coupe-cigare à Guillotin. Sinon vous y aviez droit. Chienne ! *(Au public :)* Vous êtes tous des chiens. Silence ! Le premier qui tousse, je le boucle. Oui, l'courroux m'noue, oui, ma voix s'éraille, oui, l'ire m'égare, oui, la colère m'étreint, de 8 h 47 exactement. Car c'est à 8 h 47, ce matin, alors que je me rendais gaiement vers ce tribunal joliment parsemé de gugusses rouges et noirs, que la chose est arrivée et que le soleil radieux de mon moral d'acier s'est soudain transformé en une sombre tempête intérieure lourde d'inextinguible haine et de mortelle rage.

J'allais d'un pas serein, de cette ample démarche souple de grand félin indomptable qui avait tant séduit Grace Kelly le jour des obsèques de Pompidou à Notre-Dame. (Je représentais officiellement la famille Rego qui était retenue à Lisbonne par la traditionnelle cueillette des morues de printemps : ah, avril au Portugal !) Sur mon beau visage de prince pirate au regard franc, sereinement dardé sur l'espoir jovial d'un lendemain tranquille gorgé d'espoir vespéral, ce qui est rare le matin, sur ce noble visage éclatant de santé, luisant de tendresse contenue et craquelé de cette noble couperose violacée qui envahit si joliment les vaisseaux capillaires dilatés d'intelligence aiguë des buveurs de bordeaux graves, sur cette belle tête âprement nimbée de rigueur spartiate, que vous voyez là, mesdames et messieurs les jurés, émergeant de cette robe austère de la justice dont les secrets replis abritent aux yeux du monde les troublants mystères que l'adolescente enfiévrée brûlante de désir évoque en gémissant la nuit au creux du lit de sa solitude où ses doigts tremblants d'une impossible étreinte se referment en vain dans l'attente affolée d'un éclair de plaisir, virgule, ah, enfin une virgule !, il était temps, j'allais mourir noyé sous le flot insipide et glauque de ma monotonie verbale ! Évitez cela, jeunes étudiants en lettres bornés d'incompétence qui m'écoutez d'une main en lisant *Pif Gadget* de l'autre : Écoutez le conseil du scribouillard déliro-flagrantique :

Ne mettez jamais moins de trois virgules au mètre carré de verbiage. Sans l'appui de la virgule, on peut mourir étouffé dans les sables mouvants d'une prose perfide et désertique que n'éclaire plus que le soleil blanc de l'inspiration poético-trouducale des vieux procureurs fourbus corrodés dans l'effluve éthylique d'un désespoir exsangue où se meurt la colère que brandit leur poing-virgule… dans l'effluve éthylique d'un désespoir exsangue où se meurt la colère que brandit leur poing-t-à-la-ligne. Ouf ça fait du bien.

Donc disé-je, juste avant d'être assez grossièrement interrompu par l'être le plus extraordinaire que j'aie jamais rencontré, c'est-à-dire moi-même, que je n'échangerais pas contre deux barils de Villers ou quatre-vingts barils de Rego, c'est pareil, donc, disé-je, il était 8 h 47 à ma montre « C'est t'y con à Quartz », et j'allais, fier et fringant, le cœur serein et les fesses au chaud dans ma nouvelle culotte de soie (« Vous vous changez ? Changez de caleçonne ! »). Quand soudain. Là. Tout à coup. Brutalement. Soudain. Là. Tout à coup, à l'angle de la rue La Fontaine, appelée ainsi en hommage à La Fontaine, le gigolo poudré du Tout-Versailles du XVIIe, qui a plus fait pour la promotion du rat des villes que Parmentier pour la pomme de terre en robe des champs, et dont la statue équestre, sans le cheval, qui s'était barré pendant la pose… il faut le comprendre, au lieu de ricaner sottement, essayez de faire poser pendant six semaines un percheron avec un vieux beau qui pue la cocotte sur le dos, vous verrez si c'est facile. Imbéciles que vous êtes !

Soudain. Là. Tout à coup, à l'angle de la rue La Fontaine dont la statue équestre sans le cheval orne la place du fabuleux fabuliste à Château-Thierry, la ville natale du fabuleux fabuliste, mais faut pas exagérer non plus, dans la mesure où il avait tout pompé sur Ésope, le fabuleux fabuliste grec, qui était laid comme un cul de cynocéphale avec son regard sartrien et sa hideuse gibbosité dorsale qui permettait, Dieu merci, de ne pas le confondre avec son chameau, lequel a deux bosses, lui, connards tabacophiles que vous êtes. (Je dis « connards tabacophiles » à l'intention du graffitouilleur inculte qui a dessiné le paquet de Camel avec une seule bosse au chameau. Le chameau a deux bosses, tarés. Alala, plus c'est cancérigène, plus c'est con !)

Soudain. Là. Tout à coup, alors que le dromadaire n'en a qu'une, à l'angle de la rue La Fontaine et de la rue de Boulainvilliers, appelée ainsi en hommage à Henri de Boulainvilliers qui fut le premier à introduire la truffe, j'ose à peine vous dire où, et dont la statue cochonestre sans la truie orne la place du Gai-Groin à Fourzandon-dans-l'Omelette, la capitale mondiale du foie gras bulgare, avec des vrais morceaux de pneu entier dedans pour faire croire que c'est de la truffe, mais personnellement je préfère le foie gras de canard, car l'oie est un animal aussi stupide et borné qu'un général de brigade sous un format heureusement plus réduit ce qui permet d'en mettre plus dans le Capitole qui relie aujourd'hui Limoges à Paris en moins de trois heures, alors qu'au même moment un autre train part dans l'autre sens avec une vitesse moyenne de cent trente kilomètres-heure, quel est l'âge du général de brigade ? Je vous le demande.

À ce stade du débat, mesdames et messieurs, nombre d'entre vous sont en droit de se demander où je veux en venir précisément. Eh bien, il me semble que le moment est venu de vous dire franchement, et du fond du cœur, que c'est une excellente question et que, comme disait la Pompadour quand Louis XV la lui mettait sous le bras, je vous remercie de me l'avoir posée.

Avant de vous répondre, je pense néanmoins, compte tenu de l'extrême complexité du dossier, qu'il serait bon que nous procédions ensemble à un résumé des chapitres précédents. Mais d'abord, un entracte et une chanson, une courte chanson destinée plus particulièrement à nos amis de l'ATM, l'Association des Anciens Alcooliques et Tabagiques de la Martinique, dont la lettre, qu'ils m'ont envoyée depuis l'hôpital de Fort-de-France où ils suivent une cure de désintoxication, m'a bouleversé. Je suis sérieux. Je dédie cette chanson à tous les alcooliques et à tous les cancéreux du poumon du monde :

> Donne du rhum à ton homme
> Du rhum et du tabac
> Donne du rhum à ton homme
> Et tu verras comme
> Il t'aimera.

Résumé des chapitres précédents : il est 8 h 47, ce mercredi matin, quand le procureur général de la République Desproges française quitte son prestigieux douze pièces… son huit pièces… son studio à peine aménagé sans luxe tapageur pour se rendre au tribunal dont la flagrance des délires n'est plus un secret pour personne.

Soudain. Là. Tout à coup, il s'aperçoit que le temps qui lui était imparti touche simultanément à sa fin et au début de la traditionnelle minute d'expression corporelle ibérique, dont le danseur étoile va maintenant vous convaincre mieux que moi de la culpabilité de Sylvie Joly.

Sylvie Joly : Pour se détendre après le spectacle où elle se moquait des bourgeoises, elle buvait du vin rouge au goulot en chantant *Nini peau de chien*.

Réquisitoire contre François Romério

27 janvier 1983

Françaises, Français,
Belges, Belges,
Mon président mon chien, salaud que tu es,
Monsieur l'avocat le plus bas d'Inter,
Mesdames et messieurs les jurés,
Public chéri, mon amour.
Bonjour mon auto, salut ma défense, et mon courroux…
coucou.

Aujourd'hui, mesdames et messieurs les jurés, en hommage à sainte Thérèse du piège à cons, sainte patronne de l'autodéfense, dont nous fêtons aujourd'hui le tricentenaire de la béatification, je ne parlerai pas de cul. Convaincue d'hérésie parce qu'elle avait autodéfendu ses fesses en refusant de coucher avec l'évêque de Meaux à l'issue du salon de la Moutarde en 1636, sainte Thérèse, je le rappelle à l'intention des athées bornés et autres Portugais transis d'inculture qui pourraient éventuellement stagner dans ce prétoire, mourut brûlée vive en hurlant de rire, d'où l'expression : « C'est sainte Thérèse qui rit quand on la braise. »

Donc je ne vous parlerai point de cul. Je vous parlerai de merde. Plus précisément de la merde de chien d'imbécile qui m'englue l'escarpin à l'heure où je vous parle, et sur laquelle j'ai longuement, totalement, goulûment glissé il y a un instant, avant de venir l'essuyer aux marches du palais. Mesdames et messieurs les jurés, vous avez devant vous un homme calme et pondéré, élevé dans la religion chrétienne, l'amour des pauvres et le respect des imbéciles, un partisan farouche de la non-violence, un adversaire résolu de l'autodéfense, aussi bien de l'autodéfense organisée, groupusculaire, comme celle que prône l'accusé d'aujourd'hui, que de l'autodéfense organisée officielle de l'État, bien connue sous le nom de police-vos-papiers-halte-là-panpan-la-matraque. J'ajouterai que je suis enfin un adversaire convaincu d'une autre forme d'autodéfense, celle des petits voyous pourris qui se bardent de quincaillerie mortelle et de couteaux à cran d'arrêt, par crainte des coups de béquille, avant d'aller attaquer les petits vieux finissants ou les petits commerçants usés, qu'ils viennent assommer pour leur piquer lâchement les trois sous que ces vieilles gens ont mis de côté, au prix de toute une vie à cheval entre la silicose et l'arthrite du genou.

Ainsi, je suis un non-violent, mesdames et messieurs les jurés. Pourtant. Pourtant il est une sorte de salopards pour lesquels je suis prêt à prendre les armes, j'ai nommé la race des lamentables semeurs de merde canine qui engluent nos rues de la fiente nauséeuse de leurs bâtards obtus, abrutis de Canigou trop gras, crétinisés à mort par l'univers carcéral des grandes cités où ils se cognent en vain le museau entre quatre murs de F3, au lieu de courir chier dans les champs comme vous et moi.

A-t-on jamais vu stupidité plus totalement consternante que celle qui brouille le regard de lavabo douteux du gros mou de petit-bourgeois, bouffi d'inexpugnable sottise, qui contemple avec une expression de vache heureuse son cabot transi, occupé à déposer ses immondices en plein milieu du trottoir, les pattes écartées, grotesque, la queue pathétique et frémissante, et l'œil humide de cette inconsolable tristesse, qui semble nous dire :

« Excuse-moi, passant, dit le chien, je fais où cet imbécile me dit de faire. Je ne le fais pas exprès. Si ça ne tenait qu'à moi, le chien, j'irais chier plus loin mais lui, cet homo sapiens que tu vois là, avec ses charentaises, sa tronche obtuse et cette putain de laisse qui assoit sa domination sur l'esclave qu'il a voulu que je fusse, ce con s'en fout, que tu glisses sur mes étrons ! S'il m'a pris, moi, le chien, ce n'est pas parce qu'il aime les bêtes, c'est pour son petit plaisir à lui. Il était ému par la grosse bouboule de poils dans la vitrine, mais ça ne l'empêchera pas de m'abandonner au mois d'août ! Il faut le comprendre : sa femme l'emmerde, son chef de bureau l'humilie. Il est minable. Alors moi, le chien, je suis le défouloir de son adrénaline, le contre-poids de sa médiocrité, et sa force de dissuasion anti-loubards. Pour le reste, il me brime, mais je lui tiens chaud aux pieds. Il me méprise comme il te méprise, toi le passant. Pardon, passant, dit encore le chien, je te vois pointer à l'horizon du carrefour. Dans un instant, quand ce crétin m'aura remonté dans son deux pièces pour m'enfermer sans espoir dans cette prison sans air et sans joie, toi le passant, tu vas t'offrir 30" de hockey sur merde, avec double axel sur le bitume et révérence dans le caniveau. »

Pour avoir eu des chiens, mesdames et messieurs, je

puis témoigner, et des milliers d'autres citadins aussi, Dieu merci, qu'il faut moins d'une semaine pour convaincre le chien le plus borné, même un chihuahua giscardien, ou un cocker mitterrandiste, de faire ses besoins dans le caniveau et pas ailleurs. N'est-il point affligeant que la nature humaine soit aussi désespérément chiracophobe ?

Comment espérer en l'homme ? Peut-on attendre le moindre élan de solidarité fraternelle chez ce bipède égocentrique, gorgé de vinasse, boursouflé de lieux communs, rase-bitume et pousse-à-la-fiente ? Cette bête à deux pattes, engoncée dans son petit moi sordide au point de n'être pas même capable de respecter son chien, l'hygiène publique et les semelles en cuir véritable de mes escarpins de chez Carvil à neuf cents balles la paire ?

Je ne suis pas partisan du retour à la peine capitale, bien que le bavard en chef usurpateur du trône de Peyrefitte en eût imposé l'abolition contre l'avis de l'opinion publique, dont l'un des plus somptueux spécimens est aujourd'hui parmi nous, armé jusqu'aux dents et fermement assis sur sa majorité silencieuse, si j'ose dire. En revanche je serais assez partisan d'une application de la peine de merde par l'inauguration du fusil-à-crotte en pleine tronche, réservé aux demeurés crottogènes spécialistes en défécations canines sur trottoir. Ah, je défaille de plaisir en imaginant le père Ducon ficelé au peloton d'exécution de ma légitime défense, face à six de ses victimes aux pieds souillés, tous les six armés de grosses pétoires gorgées de merde grasse... Feu ! Plaf ! Mon Dieu, quel bonheur ! Ça, pépère, c'est de l'autodéfense !

Aragon disait : « Plus je connais les hommes, moins

j'aime ma femme. » Et moi plus je connais Dupont, plus j'aime Mirza… Y a-t-il un animal plus con que l'homme ? Oui. Peut-être. Il existe peut-être une catégorie d'animaux aussi cons que les hommes, et en l'occurrence je suis tout à fait d'accord avec Chaval sur ce point : les oiseaux sont des cons…

Je connais personnellement un perroquet parleur qui a repoussé les limites de l'imbécillité volaillère jusqu'à l'infini. N'était la chaleureuse amitié qui me lie aux humains que cet emplumé a apprivoisés, j'aurais depuis longtemps pris un plaisir exquis à lui défoncer la gueule à coups de clef anglaise de type Romério ou à lui écarteler le trou du cul à l'aide d'un tisonnier chauffé à blanc. Ah, la sale bête ! Que n'existe-t-il, monsieur Alfa Roméo, une association d'autodéfense contre les oiseaux qui chantent faux ! Celui dont je vous parle, que ses maîtres, dans un de ces traits de génie inventifs qui témoignent de la suprématie de l'homme sur cette terre, avaient eu l'idée inouïe d'appeler « Coco », il faut le faire, cette nullité multicolore à l'œil aussi creux qu'un estomac de bébé ougandais un soir de réveillon, cette insulte vivante à l'ornithologie de salon, avait une particularité totalement insupportable. Branché sur son perchoir au-dessus des invités de la maison, avec des grâces altières d'empereur trichromosomique surplombant les arènes à chrétiens, un insupportable mépris fatigué dans la mimique dégoûtée de son bec hargneux, il lui arrivait de se réveiller soudain, à peu près toutes les vingt secondes, pour siffler à tue-tête les cinq premières notes de la marche du colonel Boguey. Ça et rien d'autre. C'est atroce. D'ailleurs je vais vous le faire. Vous connaissez, c'était la musique du *Pont de la rivière Kwaï* et je demanderai aux personnes sensibles de sortir car c'est insupportable :

(Siffler 8 notes.) Et lui l'animal, il faisait *(ne siffler que 5 notes)*. Comme le disait Himmler : « Il vaut mieux entendre ça que d'être juif... »

Donc monsieur Romério est coupable, mais son avocat vous en convaincra mieux que moi.

François Romério : Fervent partisan de la peine de mort pour toutes sortes de motifs, le créateur de Légitime Défense n'avait pas prévu de sanction pénale pour les cons. Bien joué.

Réquisitoire contre Régine Deforges

1er février 1983

Françaises, Français,
Belges, Belges,
Cher président mon chien,
Monsieur l'avocat le plus bas d'Inter,
Mesdames et messieurs les jurés,
Public chéri, mon amour.
Bonjour ma colère, salut ma hargne, et mon courroux...
coucou.

Arielle de Claramilène s'ébaudrillait nuquelle et membrissons en son tiède et doux bain d'algues parfumil. Molle en chaleur d'eau clipotillante, chevelyre aquarelle, charnellolèvre de fraise extase, chavirée de pupille à rêve écartelé d'humide effronterie, murmurant ritournelle enrossignolée, elle était clatefollement divine. La brune esclavageonne émue qui l'éventait un peu de son parcheminet contemplait ébloussée les blancs dodus mamelons de bleu nuit veinelés, les petons exquis de sang carmin teintés, les fuselines aux mollets tendres, le volcanombril cloquet, et la mortelle foressante du sexiclitor...
Perversatile et frissonnitouche, Arielle sentit bientôt ce libidœil lourd à cils courbés tremblants, que la madrilandalouse mi-voilée, presque apoiline, posait

sur l'onde tiède où vaguement aux vaguelettes semblottaient se mouvoir les chairs dorées à cuisse offerte à peine inaccessiblant, si blanc, au creux de l'aine exquise.

Lors, pour aviver l'exacerbie de l'étrangère, elle s'empara du savonule ovoïdal et doux à l'eau, l'emprisonna de ferme allégresse dans ses deux manucules aigles douces ongulées cramoisies et, le patinageant en glissade de son col à son ventre, s'en titilla l'échancrenelle.

« E pericoloso branletsi », rauqua la sauvagyne embrasée, qui se fondait d'amouracherie volcanique indomptable, et qui, s'engloutissant soudain les deux mains à la fièvre sans prendre le temps de slipôter, bascula corps et âme dans l'éclaboussure satanique de cette bénie-baignoire pleine d'impure chatonoyance et de fessonichale prohibité fulgurante. Quand l'étincelle en nuage les eut envulvées, ces étonnantes lesboviciennes se méprisèrent à peine et s'extrablottirent en longue pelotonnie, de Morphée finissant, jusqu'à plus tard que l'aube, sans rêve et sans malice, quoique, virgines et prudes, elles n'aient naguère connu l'onanaire qu'en solitude.

Ce texte admirable – et je baise mes mots – ce texte admirable, extrait du journal intime de Sœur Sourire : « Quand j'étais pas nonne, j'étais pas nette », écrit en collaboration avec mesdames Jacob et Delafon, aux éditions Paillard, ce texte admirable nous prouve à l'évidence, mesdames et messieurs les jurés, que les femmes, en matière d'érotisme plus encore qu'en toute autre, sont nos maîtresses. Et si les femmes sont nos maîtresses, remercions-en ici, mes frères, le Tout-Puissant qui règne là-haut en son divin royaume, entre la bouche d'aération de la tour Montparnasse et la zone stratosphérique à l'abri de l'anticyclone venu des Açores qui, après dissipation des brumes matinales, cédera la place à un temps plus doux au nord d'une ligne Strasbourg-Berlin, c'est-à-dire nulle part en France mais c'est normal : « En cette saison, y a plus de saison », disait Aragon dont la température relevée ce matin sous abri n'excédait pas deux degrés à l'ombre… Je prie la cour de bien vouloir excuser mon émoi : il y a maintenant plusieurs semaines qu'Aragon n'est plus communiste, mais je n'arrive pas à m'y faire.

Ça doit être moi qui suis anormal, c'est sûr, il y a des signes : quand Aragon était vivant, je n'arrivais pas à croire qu'il était communiste. Maintenant qu'il est mort, je n'arrive pas à croire qu'il ne l'est plus.

C'était beau Aragon, les enfants.

> J'en ai tant vu qui s'en allèrent
> Ils ne demandaient que du feu.
> Ils se contentaient de si peu
> Ils avaient si peu de colère
> J'entends leurs pas, j'entends leur voix
> Qui disent des choses banales
> Comme on en lit sur le journal
> Comme on en dit le soir chez soi.
> Qu'a-t-on fait de vous hommes femmes
> Aux pierres tendres tôt usées
> Et vos apparences brisées
> Vous regarder m'arrache l'âme.

C'est beau Aragon, non ? On dirait qu'il décrit les esclaves muselés qui font la queue devant les boucheries polonaises, vous ne trouvez pas ?

Votre enfer est pourtant le mien
Nous vivons sous le même règne
Et lorsque vous saignez je saigne
Et je meurs dans vos mêmes liens
Quelle heure est-il, quel temps fait-il
J'aurais tant aimé cependant
Gagner pour vous pour moi perdant
Avoir été peut-être utile
C'est un rêve modeste et fou,
Il aurait mieux valu le taire
Vous me mettrez avec, en terre,
Comme une étoile au fond d'un trou.

Aragon, en terre comme une étoile au fond d'un trou. Elle est bonne, non ? Rouge l'étoile ?

Et Jean Genet ! Voilà un pédé qui sait bouger la langue pour nous insuffler sa vague déferlante et toujours recommencée d'érotisme trouble !

Régine Deforges, perverse et distinguée semeuse de nos visions fantasmatiques, magicienne allumeuse de nos illusions folles, qui faites jaillir du bout de votre plume les parfums chauds des porte-jarretelles interdits de nos plus fous espoirs oniriques, Régine, il est impossible que vous n'ayez jamais frémi en écoutant l'improbable et superbe cri du condamné à mort de Jean Genet :

Sur mon cou sans armure et sans haine,
Que ma main plus légère et grave qu'une veuve
Effleure sous mon col sans que ton cœur s'émeuve
Laisse tes dents poser leur sourire de loup
Nous n'avions pas fini de nous parler d'amour

Nous n'avions pas fini de fumer nos gitanes
On peut se demander pourquoi les cours
Condamnent un assassin si beau qu'il fait pâlir le jour.

Ah, ça c'est l'amour. Chère Régine, que l'amour vous va bien ! (Je signale aux auditeurs qui prennent l'émission en cours que nous jugeons aujourd'hui Régine Deforges. Pas Régine Tout court-Tout rond-Tout mou, Régine Deforges.)

Ah, Régine, si vous n'étiez si lointaine et déjà prise par les mains velues de je ne sais quel anthropoïde, si moi-même, de mon côté, je n'étais pas l'homme d'une seule femme, comme j'aimerais vous montrer de vive main… de vive voix, avec quelle fougue la raideur de la justice est capable d'ébranler les fondements de cette morale de rouille rabattue ! (Qu'en termes élégants ces choses-là sont bites.)

Régine Deforges… Depuis le jour où d'un cœur turgescent j'ai planté mes yeux dans *Lola et quelques autres*, où il apparaît à l'évidence, madame, que vous êtes à la littérature érotique ce que Vatel fut à la queue, c'est-à-dire un maître, depuis le jour où par ce livre je me suis enfoncé impunément dans vos fantasmes femelles avec la trouble impudeur d'un Paul Éluard murmurant : « Parfois je revêts ta robe, et j'ai tes seins et j'ai ton ventre », depuis ce jour, madame, je rêvais de vous rencontrer pour saluer en vous la vraie femme, l'anti-virago gynéconasse qui s'astique la libido à deux mains sur la hampe de son drapeau MLF, la Femme, avec un grand F majuscule et pulpeuse et une belle paire de M ! La femme de la chanson paillarde que vous osâtes mettre en exergue du chapitre le plus totalement effronté de ce livre étonnant : *Lucienne ou l'amoureuse du passage Verot-Dodat*. Vous souvenez-vous de cette phrase ? « Toute femme ici-bas demande ou la richesse, ou la grandeur. Moi je dis que l'homme qui bande a seul quelque droit sur mon cœur. »

Mais à continuer sur ce ton, vous allez croire, madame, que je vous fais la cour et que je n'aurai de cesse de vous attendre à la sortie pour vous faire jouer de la flûte à bec, ou vous donner un concert de cornemuse. Quand je dis « cornemuse », j'exagère le nombre des tuyaux… Mais rassurez-vous, madame, je saurai me tenir en gentleman… « A gentleman is a man who can play the bag pipe and who does not. » Un gentleman, c'est quelqu'un qui sait jouer de la cornemuse et qui n'en joue pas.

Donc Régine Deforges est coupable, mais son avocat vous en convaincra mieux que moi.

Régine Deforges: Romancière spécialisée dans la littérature érotique, elle a eu l'idée d'écrire *La Bicyclette bleue* en faisant une promenade en tandem avec Margaret Mitchell, l'auteur d'*Autant en emporte le vent*.

NOTE

Bernard Langlois était présentateur du journal de la mi-journée sur Antenne 2 en 1982. Voici un extrait de son ouvrage *Résistances* (Éditions La Découverte, 1987) rappelant les faits :

« Dans la nuit mercredi à jeudi (15 septembre 1982), deux morts illustres : celle de la princesse Grace de Monaco ; celle du président libanais Béchir Gemayel. [...]
Me voici dans mon bureau, avec mes deux morts sur les bras, et passablement ennuyé : par qui vais-je commencer ? Comment "ouvrir" le journal ? [...]
Je vais prendre ma décision seul, car j'estime qu'elle relève de ma responsabilité. Je choisis de commencer le journal par un long éditorial où j'évoquerai, en parallèle, les deux morts en même temps. Exercice de style difficile, périlleux même, mais où je vois l'occasion d'aller plus loin que l'information brute, de mettre ces deux faits en perspective, de provoquer une réflexion des téléspectateurs. [...] »
« Il était jeune – 34 ans –, il était intelligent et volontaire, ambitieux et inquiétant tout à la fois. Élu, voici vingt-trois jours, président de la République libanaise, il aura eu juste le temps de savourer l'ivresse de la victoire, mais pas celui d'accéder à la réalité du pouvoir. C'est dans neuf jours que Béchir Gemayel devait devenir officiellement président du Liban. Sa mort – hier –, dans un attentat, risque fort de rallumer très vite les feux mal éteints de la guerre civile. Malheureux pays.
» Elle n'était plus très jeune – 52 ans –. Elle était toujours belle, dans sa maturité de femme épanouie, passée sans transition de la célébrité sulfureuse d'Hollywood à celle, respectable, du

171

gotha. Curieux destin que celui de Grace Kelly, actrice talen-
tueuse distinguée par un prince, qui lui offrit un jour sa main,
sa couronne, et de partager son trône planté sur un caillou
cossu, dans un royaume d'opérette. Grace de Monaco est morte
elle aussi, des suites de ses blessures, après un accident d'auto.

» Cela ne changera rien au destin de l'humanité. Juste un deuil
ordinaire, la peine ordinaire d'une famille célèbre qui nous
était familière par la grâce des gazettes.

» Bonjour...

» Voilà donc de quoi est faite d'abord l'actualité de ce jour : de
ces deux morts de gens illustres, qui n'ont certes pas le même
poids sur les balances de l'histoire, mais qui offrent, l'une et
l'autre, matière à réflexion.

» Gemayel d'abord. Il n'était guère besoin d'être expert en
matière de politique libanaise pour prévoir que son élection, il
y a trois semaines, à la présidence de la République du Liban, ne
réglait pas tout...

» Après huit ans de guerre civile, dans un pays envahi, occupé
au nord par l'armée syrienne, au sud par l'armée israélienne,
seul un homme de compromis, d'équilibre entre les communau-
tés, pouvait tenter de réaliser l'impossible : la réconciliation des
Libanais, la reconstruction de l'État.

» Gemayel était tout sauf cet homme-là – dont on ne sait
d'ailleurs pas s'il existe : chef de clan, baroudeur, et candidat,
qui plus est, des Israéliens, son élection ressemblait à une
gageure.

» Grace de Monaco : l'image du bonheur sucré, véhiculée jusqu'à l'écœurement par la presse du cœur. On n'ignorait rien de
sa vie – poids des mots, chocs des photos ; des fredaines de sa
fille aînée, Caroline ; des émois de sa cadette, Stéphanie ; des
exploits sportifs du petit prince, Albert.

» Malgré cette ronde folle des *paparazzi* autour de la famille
Grimaldi, cette femme, aujourd'hui disparue, laissera le souvenir d'une personne de qualité. Cette roturière avait la noblesse
naturelle ; et le prince Rainier – dont le choix, à l'époque, avait
surpris – ne s'était pas mépris.

» Respectons sa peine, qui est sans doute immense.

» J'ajoute – et c'est le seul point commun de ces deux décès sur-
venus hier – que nous ne les avons sus, l'un comme l'autre,
qu'avec bien du retard.

» Raison d'État? Pour l'un sûrement; pour l'autre, peut-être aussi.

» À 18 heures, hier soir, Gemayel était officiellement sorti indemne de l'attentat.

» Quant à Grace de Monaco, ses blessures, nous disait-on, n'étaient pas graves.

» Même la mort, chez les grands, respecte des protocoles qui échappent au commun...»

TABLE

Réquisitoires contre...

**Manuel de savoir-vivre
à l'usage des rustres et des malpolis**
*Seuil, 1981
et « Points », n°P401*

Vivons heureux en attendant la mort
*Seuil, 1983, 1991, 1994
et « Points », n°P384*

**Dictionnaire superflu
à l'usage de l'élite et des bien nantis**
*Seuil, 1985
et « Points », n°P403*

Des femmes qui tombent
roman
*Seuil, 1985
et « Points », n°P479*

Chroniques de la haine ordinaire
*Seuil, 1987, 1991
et « Points », n°P375*

Textes de scène
*Seuil, 1988
et « Points », n°P433*

L'Almanach
Rivages, 1988

Fonds de tiroir
Seuil, 1990

Les étrangers sont nuls
*Seuil, 1992
et « Points », n°P487*

La Minute nécessaire de Monsieur Cyclopède
*Seuil, 1995
et « Points », n°P348*

Les Bons Conseils du professeur Corbiniou
Seuil/Nemo, 1997

La seule certitude que j'ai, c'est d'être dans le doute
Seuil, 1998
et « Points », n°P884

Le Petit Reporter
Seuil, 1999
et « Points », n°P836

Les Réquisitoires
du Tribunal des Flagrants Délires, tome 1
Seuil, 2003
et « Points », n°P1274

Les Réquisitoires
du Tribunal des Flagrants Délires, tome 2
Seuil, 2003
et « Points », n°P1275

Audiovisuel

Pierre Desproges portrait
Canal + Vidéo, cassette vidéo, 1991

Les Réquisitoires
du Tribunal des Flagrants Délires
Tôt ou tard, CD, 6 volumes, 2001

Chroniques de la haine ordinaire
Tôt ou tard, CD, 4 volumes, 2001

Pierre Desproges « en scène » au théâtre Fontaine
Tôt ou tard, CD, 2001

Pierre Desproges « en scène » au théâtre Grévin
Tôt ou tard, CD, 2001

Pierre Desproges « abrégé »
Tôt ou tard, 3 CD, 2001

Pierre Desproges – coffret
Les Réquisitoires
du Tribunal des Flagrants Délires
Chroniques de la haine ordinaire
Pierre Desproges « en scène » au théâtre Fontaine
Pierre Desproges « en scène » au théâtre Grévin
Tôt ou tard, 12 CD, 2001

Pierre Desproges « en images »
L'Indispensable Encyclopédie de Monsieur Cyclopède
Desproges est vivant (portrait codicillaire) – Intégrale de l'entretien
avec Y. Riou et Ph. Pouchain :
La seule certitude que j'ai, c'est d'être dans le doute…
Les spectacles : théâtre Fontaine 1984 / théâtre Grévin 1986
Les Grandes Obsessions desprogiennes
Tôt ou tard, 4 DVD, 2002

www.desproges.fr

RÉALISATION : PAO ÉDITIONS DU SEUIL
IMPRESSION : NOVOPRINT
DÉPÔT LÉGAL : NOVEMBRE 2004. N° 68537
IMPRIMÉ EN ESPAGNE

Collection Points